Carlos de Sigüenza y Góngora

INFORTUNIOS
QUE
ALONSO RAMÍREZ
NATURAL DE LA CIUDAD DE S. JUAN
DE PUERTO RICO,

PADECIÓ ASÍ EN PODER DE INGLESES PIRATAS QUE LO APRESARON
EN LAS ISLAS FILIPINAS COMO NAVEGANDO POR SÍ SOLO
Y SIN DERROTA HASTA VARAR EN LA COSTA DE YUCATÁN,
CONSIGUIENDO POR ESTE MEDIO DAR VUELTA AL MUNDO.

Edición crítica, con introducción, comentarios y notas
Asima F. X. Saad Maura

- STOCKCERO -

Foreword, bibliography & notes © Asima F. X. Saad Maura
of this edition © Stockcero 2011
1st. Stockcero edition: 2011

ISBN: 978-1-934768-39-6

Library of Congress Control Number: 2011920051

Set in Linotype Granjon font family typeface
Printed in the United States of America on acid-free paper.

Published by Stockcero, Inc.
3785 N.W. 82nd Avenue
Doral, FL 33166
USA
stockcero@stockcero.com

www.stockcero.com

Carlos de Sigüenza y Góngora

INFORTUNIOS
QUE
ALONSO RAMÍREZ
NATURAL DE LA CIUDAD DE S. JUAN DE PUERTO RICO,

PADECIÓ ASÍ EN PODER DE INGLESES PIRATAS QUE LO APRESARON EN LAS ISLAS FILIPINAS COMO NAVEGANDO POR SÍ SOLO Y SIN DERROTA HASTA VARAR EN LA COSTA DE YUCATÁN, CONSIGUIENDO POR ESTE MEDIO DAR VUELTA AL MUNDO.

INFORTVNIOS
QVE
ALONSO RAMIREZ
NATVRAL DE LA CIVDAD DE S. JUAN
DE PVERTO RICO

padeciò, assi en poder de Ingleses Piratas que lo apresaron en las Islas Philipinas

como navegando por si solo, y sin derrota, hasta varar en la Costa de Iucatan:

Consiguiendo por este medio dar vuelta al Mundo ·

DESCRIVELOS

D. Carlos de Siguenza y Gongora

Cosmographo, y Cathedratico de Mathematicas del Rey N. Señor en la Academia Mexicana.

CON LICENCIA EN MEXICO
por los Herederos de la Viuda de Bernardo Calderon: en la calle de
S. Agustin. Año de 1690.

DEDICATORIA

al puertorriqueño Daniel Torres
y
al mexicano José Guillermo de los Reyes Heredia,
por su compromiso con
nuestro quehacer literario

INDICE

I.- Introducción

La princeps de los *Infortunios que Alonso Ramírez, natural de la ciudad de San Juan de Puerto Rico, padeció...*

La edición de los *Infortunios* vio la luz por primera vez «con licencia en México» en 1690 y estuvo a cargo de «los herederos de la Viuda de Bernardo Calderón en la calle de San Agustín,» como se lee en la portada original. Entre esta información y el nombre de Carlos de Sigüenza y Góngora, se ve el dibujo de un caballo alado, a modo de *Ícaro*, que enarbola una cinta con esta frase de la *Eneida* de Virgilio: *SIC ITUR AD ASTRA*, «y por aquí alcanzarás las estrellas.» Pero no fue sino hasta recién empezado el siglo XX que tanto el narrador puertorriqueño [Alonso Ramírez] como el mexicano escritor [Sigüenza y Góngora] alcanzaron las estrellas cuando, en 1902, la obra se reimprimió en Madrid como parte de la *Colección de libros raros y curiosos que tratan de América*. Desde entonces se cuentan varias docenas de ediciones que en su mayoría se limitan a reproducir el texto copiado de la que acabamos de mencionar sin reparar en los cambios ocurridos durante esa reimpresión.

En la nuestra, por el contrario, comentamos y transcribimos el texto original con fidelidad para que los lectores puedan enterarse de las alteraciones realizadas por los diferentes editores en sus respectivas versiones. La mayor transcendencia de la presente edición estriba en analizar los *Infortunios* junto a algunas ediciones posteriores a la de 1902. Me detuve particularmente en las de las últimas dos décadas; a saber: las de J.S. Cummins y Alan Soons (1984), Lucrecio Pérez Blanco (1988) y Estelle Irizarry (1990), que incluye el facsímil de la princeps que habita en la biblioteca de la Hispanic Society of America en la ciudad de Nueva York.[1] La edición de Cummins y Soons (Tamesis, 1984) tiene la ventaja de ofrecer notas con datos minuciosos sobre geografía e historia. Por

---

1   Para el listado completo de ediciones, ver la sección A del Apéndice bibliográfico.

desgracia, estos editores alteraron demasiado el texto y, al hacerlo, co-
metieron muchos errores, lo cual ha causado que su edición desmerezca; ellos quitaron y añadieron a su antojo y sin avisar. Con su
edición nadie se entera de que el texto no necesariamente pertenece
al original. Por ejemplo, Sigüenza y Góngora –o el tipógrafo en su
lugar– se valió de paréntesis y corchetes para añadir comentarios o
aislar alguna opinión. Cummins y Soons eliminaron totalmente estos
signos y los sustituyeron por rayas [—] y comas [,]. De igual manera
cambiaron las comas del original por las rayas señaladas arriba y agre-
garon sus propios corchetes, sobre todo con la conjunción [y] que en-
tremeten a lo largo del texto de manera exagerada. Nada de esto es
justificable, sobre todo cuando, según señalan al final de su introducción, se valieron de la edición de 1690 (21), aseveración que po-
nemos en tela de juicio. Antes de dar comienzo a la obra como tal,
Cummins y Soons incluyen dibujos de cuatro mapas contemporáneos
a la época de su publicación (1984) para mostrar la travesía marítima
que hicieron Alonso Ramírez y sus compañeros desde 1675 hasta finales de 1689 cuando llegaron a Mérida.

Otra edición popular es la de Lucrecio Pérez Blanco (Historia 16,
1988), cuya introducción (7-59) le sirve de tarima para probar la ficción
de los *Infortunios* como «auténtica novela», tildándola incluso de «la
primera novela hispanoamericana» salida de la pluma de Sigüenza y
Góngora al estilo griego. Lo asegura basado en que *Infortunios* se apoya
«en una *estructura* bien definida, en unas *funciones* básicas, unos *en-
laces*, unos *tópicos* y unas *técnicas compositivas y narrativas* muy precisas
que la hacen conectar con la novela griega» (49; las cursivas son suyas).
Por otro lado, Pérez Blanco anuncia que para su edición usó la de la
Colección de libros raros y curiosos que tratan de América (Madrid, 1902),
arguyendo que no logró conseguir la de 1690, y, a modo de excusa
añade, que ni siquiera «el mismo Irving A. Leonard, tan conocedor y
hábil perseguidor de la obra de Don Carlos de Sigüenza y Góngora no
pudo, al parecer, dar con el original» (57). No haber podido consultar
la princeps explica las incongruencias que se encuentran en su edición,
aunque no son tantas como las de Cummins y Soons. Pérez Blanco
utilizó también, y como punto de comparación, la edición de Alba
Valles Formosa de 1967 (ver Apéndice bibliográfico).

Dos años después, y en anticipación a los quinientos años del llamado «descubrimiento» de América y Puerto Rico, salió a la luz la edición de Estelle Irizarry (1990), con la cual se celebraba al mismo tiempo el tercer centenario de la obra. La suya contiene fotocopias facsimilares, haciendo accesible a todo el mundo el original.[2] Si Pérez Blanco asegura la ficción de los *Infortunios* y proclama a Sigüenza y Góngora como su único creador, Irizarry hace todo lo contrario. Por otro lado está Willebaldo Bazarte Cerdán, quien la bautiza como «la primera novela mexicana,» mientras que Josefina Rivera de Álvarez y la misma Irizarry la defienden como narración puramente puertorriqueña. Una de las características que lleva a Irizarry al convencimiento de la autoría de Ramírez –o, al menos, de éste como co-autor– radica en el uso abundante de la conjunción [y] tan común en los relatos orales.[3] Irizarry ofrece un listado bastante completo y descriptivo de los que han escrito en torno al debate de la autoría (Sigüenza vs. Ramírez) y del género (crónica vs. ficción). Para ella Alonso Ramírez y Sigüenza y Góngora son «dos autores» con «dos personalidades» totalmente diferentes, «estudiante de la vida dura el primero, erudito clérigo el segundo» (31). Y para probarlo se vale de un análisis minucioso mediante el uso de la computadora, siguiendo los modelos de «críticos como Yule, Ellegård, Morton, Smith y muchos otros que han aplicado la estilometría a textos disputados» (51). Irizarry comparó los *Infortunios* a la par con tres textos del mismo Sigüenza, «de la misma época (1690-1693) y porque son obras narrativas y no expositivas» (53), a saber: *Alboroto y motín de 1692*, *Relación de lo sucedido a la Armada de Barlovento* y *Mercurio volante*. La estudiosa concluye que «la base textual, histórica y computacional» indica que *Infortunios* «es una obra en gran parte puertorriqueña» (65) que «marca las primicias de la novela hispanoamericana [y que] pertenece en gran parte al patrimonio cultural de Puerto Rico por ser la relación del "puertorriqueño ausente".» (15). Se trata, explica, de un «género que continúa en nuestros tiempos: la literatura puertorriqueña de la emigración» (65). Finalmente su edición contiene un glosario que comprende alrededor de 245 términos.

---

2   Llegué a conseguir directamente de la Hispanic Society of America el mismo facsímil que usó Estelle Irizarry y pude corroborar su comentario de que «[a]lgunas reproducciones de esta obra aparecen borrosas» aunque no necesariamente «debido al tiempo transcurrido desde la impresión de la misma en el 1690» como asegura ella, sino posiblemente a causa de carecer de los medios adecuados para realizar la reproducción de una manera más cuidadosa y profesional.

3   Alberto Sacido, entre otros, también discute (1992) la cuestión de la oralidad en los *Infortunios* (ver el Apéndice bibliográfico).

Ya terminada mi labor editorial, llegó a mis manos la edición de 2003 que Belén Castro y Alicia Llarena hicieron juntas. Por lo que alcancé a ver, la suya contiene un estudio extenso que profundiza en el texto («Génesis de *Infortunios*: un náufrago en busca de autor»; «La estructura, el estilo y el discurso híbrido»; «El universo temático»), así como en el debate del género («Una vieja pregunta: ¿Historia o ficción?»), hasta terminar con el planteamiento «Para una nueva lectura de *Infortunios*,» donde proponen que «[g]ozar de esa indefinición [el debate ya mencionado] quizás sea en estos instantes la perspectiva más acertada y alentadora» (73).

Más recientemente aún, hacia finales de diciembre de 2010, recibí un mensaje de José Buscaglia, Catedrático Asociado y Director del Programa de Estudios Caribeños de la Universidad de Búfalo, Nueva York, con noticias de su propia edición de los *Infortunios* que saldrá en 2011 bajo el sello del Consejo Superior de Investigaciones Científicas de Madrid (ver los detalles en el Apéndice bibliográfico, sección C) con el subtítulo de 'Azares, peripecias y hazañas del primer americano universal.' A raíz de la celebración de los trescientos años de su publicación y veinte años después, hasta el presente, no nos cabe la menor duda de que hay otras ediciones que desconocemos.

Si bien siento inclinación hacia la idea de «gozar» del texto, sin que por esto desmerezca la importancia de la susodicha controversia sobre género y autoría, hasta cierto punto también me subscribo a la propuesta de González Boixo según quien «no se les ha prestado la debida atención» a los que, como Estelle Irizarry, han logrado ofrecer «pruebas suficientes de la historicidad del relato» (310). Por eso invito a que nos fijemos en los hechos curiosos y prominentemente históricos del discurso narrativo, en vez de clasificarlos como literarios. Como bien ha señalado Marcelino Canino Salgado la historia que se presenta en el texto sobrepasa la literatura y es posible, pues, concebir la obra como un memorial de aventuras. Se trata de una narración, posterior a los hechos, contada por un aventurero de cierta edad y cierto entorno geográfico y cultural que, al momento de relatarle sus experiencias a Sigüenza y Góngora, tanto sus años como su hábitat son diferentes de cuando empezó su travesía. Canino Salgado propone incluso la idea del trotamundos que en su constante vaivén va percibiendo la vida desde distintos puntos de vista.

CRITERIOS DE LA PRESENTE EDICIÓN

Con las ediciones desglosadas en mente, pero, por encima de ellas, con la princeps siempre a la mano, tomé la decisión de mantener el formato original obviado o al menos alterado por casi todos los editores. De esta manera, los lectores tendrán la oportunidad de conocer más a fondo la estructura y el estilo del autor, haya sido éste Sigüenza y Góngora o el mismo narrador-autor-protagonista de los infortunios, Alonso Ramírez. Por ejemplo, no modernicé la abreviatura *&c.* (etcétera / etc.) como tampoco completé las palabras abreviadas por ser, en su mayoría, fáciles de entender. Los lectores que encuentren necesario aclarar palabras abreviadas encontrarán sus equivalentes en la sección de abreviaturas. Las veces que añadí letras o palabras que no están en el original utilicé las llaves {...} para evitar la confusión con los corchetes [...] y paréntesis (...) del texto original de Sigüenza-Ramírez. Una de las palabras que más agregué fue {que} por no usarse tanto en aquella época como acostumbramos hoy. Además de frases, comentarios y opiniones entre corchetes o paréntesis, con frecuencia también aparece la mezcla de corchete y paréntesis, así [...) o así (...], detalle que no presenta ninguno de los editores que consulté, y quienes, en cambio, optaron por usar sólo los paréntesis, incluso cuando el signo indicado e indudable era el corchete. De hecho, Cummins y Soons jamás usaron los signos originales, sino que cambiaron todo a rayas o comas como ya apunté.

Nuestra edición facilita, pues, la lectura del texto sin quitarle ninguna de las particularidades y peculiaridades originales, empezando por el título; además provee a los lectores con notas tanto explicativas como comparativas. Al momento de aclarar términos, frases o palabras que pudieran representar duda para los lectores del siglo XXI, me serví mayormente del *Diccionario marítimo español* (Madrid 1865)[4] y *Tesoro de la lengua castellana o española* (1611; 2006) de Sebastián de Covarrubias Horozco (1539-1613). El apéndice bibliográfico se considera especial porque consiste de la colección de ediciones al igual que del mayor número de estudios sobre Sigüenza e *Infortunios* que fui capaz de recopilar.

A pesar del esmero puesto en hacer de ésta una edición lo más

---

4   Para el título completo (muy largo, por cierto) y las señas editoriales de la portada, favor de ver la bibliografía.

completa posible —y esperamos que valiosa—, extiendo mis sinceras disculpas por los descuidos que de una manera u otra yo haya podido cometer; me responsabilizo de los mismos y cuento con que los lectores sepan perdonarme los deslices que encuentren en estos *Infortunios que Alonso Ramírez padeció*.

APUNTES SOBRE EL FORMATO Y LA ORTOGRAFÍA

En general modernicé y regularicé términos y ortografía (como se verá más adelante), simplifiqué la 's' doble (*assi* ⇒ *así*), acentué las palabras que hoy llevan acento (*así, más, también, está, archipiélago*, etc.), al igual que el pretérito de los verbos en primera persona y tercera persona singular (hablé, quedé, perdió, etc.). Sin embargo, esto no significa que en el original no haya palabras acentuadas y cuyos acentos a veces coincidan con los nuestros. Sigüenza y Góngora acentuó mayormente las vocales *a* y *o* con acentos circunflejo [â, ô] y grave [à, ò]. Es de notar que en ocasiones la acentuación coincide con la que usamos en español mediante el acento agudo [á, é, …], aunque otras veces hay palabras que no tienen ninguno. La siguiente frase sirve de ejemplo de acentuación errática: *pareciò a proposito* (Cap. 3) y que corregimos para esta edición: *pareció a propósito*.

Por otro lado, incorporé la *h* (ay ⇒ hay; oy ⇒ hoy; aviendo ⇒ habiendo, etc.) y arreglé los muchos casos de *s* por *x* (estremo ⇒ extremo), *x* por *j* (dexar ⇒ dejar), *v* por *b* (haver ⇒ haber) y demás. De igual manera, modernicé arcaísmos: vide ⇒ vi; añidir ⇒ añadir; recebir ⇒ recibir, tercero día ⇒ tercer día, y así por el estilo.

Hice lo posible por mantener la puntuación escogida por Sigüenza y Góngora, quien se valió de los dos puntos [:] al igual que del punto y la coma [;] con soltura. Solamente se hicieron cambios en cuanto a la coma [,] cuyo uso nos pareció exagerado según las reglas de hoy. Como señalé antes, los editores Cummins y Soons se tomaron la libertad de usar rayas [—] en lugar de las comas, los corchetes y paréntesis originales, mientras que los demás editores se mantuvieron relativamente más fieles a la puntuación escogida por Sigüenza a excepción de los corchetes que decidieron sustituir con paréntesis. En efecto, hasta ahora no he visto ninguna edición que contenga los corchetes originales.

El uso de la tilde [~] en la princeps parece ser más regular, lo mismo en vocablos que llevan *ñ* [*compañeros*, *añidir*, *mañana*, *español*], como cuando se usa para indicar la existencia de la *n* al final o en medio de la palabra [aviã ⇒ habían; quãdo ⇒ cuando; estãdo ⇒ estando; dõde ⇒ donde; cõ ⇒ con, etc.]. No obstante, también abundan las palabras que ya tienen escrita la *n*, incluso las mismas que antes tenían la tilde: *avian*, *donde*, *quantos*, etc. Se encuentran ejemplos irregulares de un término seguido del otro, como éste: *cõsiderable y consiguieron* (Cap. 3). La palabrita *que*, tanto en calidad de conjunción como de pronombre relativo, aparece lo mismo abreviada sin acento [**q**], como con acento [**q´**] y completa [**que**]. Inconsistencias de esta índole abundan a lo largo del texto, como se puede apreciar en la figura que sigue, por lo cual nos empeñamos en regularizarlas lo más posible.

ABREVIATURAS Y CONTRACCIÓN DE PALABRAS ENCONTRADAS EN EL TEXTO ORIGINAL

aquesta	aquella o esta
B. L. M.	Besa las manos
D.	Don
Dr.	Doctor
dél	de él
desta, desto	de esta, de esto
Ex.mo Sr.	Excelentísimo Señor
gr.	grados
mi.	minutos en términos de navegación y geografía
N.	Nuestro
S.	San
Su Ex.ª	Su Excelencia
V. Ex. o V. Ex.ª	Vuestra Excelencia
Vmd.	Vuestra Merced
V. S.	Vuestra Señoría
§	Sección
&c.	Etc., Etcétera

ca de querer alfarme có el navio tenia difpuef-
to. Neguè con la mayor conftancia que pude,
y creo que à perfuafiones del Condeftable me
dexaron folo: llegofe efte entonces à mi, y afe-
gurandome el que de ninguna manera peligra-
ria fi me fiafe del; defpues de referirle entera-
mète lo que me havia pafado, deafmarrandome
me llevò al Camarote del Capitan.

Hincado de rodillas en fu prefencia dixe lo ʠ
Cornelio me havia propuefto. Efpantado el Ca-
pitàBel con efta noticia, haziendo primero el ʠ
en ella me ratificafe con juramento, có amenaza de caftigarme por no haverle dado quenta
de ello immediatamète, me hize cargo de tray-
dor, y de fediciofo. Yo con ruegos, y lagrimas, y
el Condeftable Niepat con reverencias, y fupli-
cas confeguimos ʠ me abfolvieffe, pero fue im-
poniendome con pena de la vida ʠ guardafe
fecreto. No pafaron muchos dias fin ʠ de Cornelio, y fus fequaces hechafen mano, y fuerò tales los azotes con ʠ los caftigaron ʠ yo afeguro
el ʠ jamas fe olviden de ellos mientras vivierè,
y con la mifma pena, y otras mayores fe les mà-
dò el que ni con migo, ni con los mios fe entro-
metiefen; prueba de la bondad de los azotes fea
el que vno de los pacientes ʠ fe llamaba Enrique recogió quanto en plata, oro, y diamantes
le havia cabido, y quizas recelofo de otro caf-
ti-

Política y religión en alta mar: Navegando entre la historia y la literatura[5]

Claro está que se puede leer *Infortunios de Alonso Ramírez* (1690) de Carlos de Sigüenza y Góngora (1645-1700) sin adentrarse en los debates que este texto ha suscitado desde que se le empezó a prestar mayor atención a mediados del siglo XX. Y que podemos dejar de lado la discusión sobre si se trata de ¿realidad o ficción?, ¿novela histórica o picaresca?, ¿biografía o autobiografía?, ¿novela mexicana o puertorriqueña?, incluso podemos obviar otra pregunta clave: ¿es la primera (sea mexicana o puertorriqueña) novela hispanoamericana o el sitial en realidad se lo gana la obra *Periquillo sarniento* (1816) de Fernández de Lizardi (1776-1827)?[6] Pero no son éstos los temas que deseo discutir, y sobre los que tantos ya han ponderado; más bien me interesa presentar una aproximación a la problemática del *yo* narrador –autor-narrador-protagonista-personaje–[7] en el contexto del discurso religioso y político que prevalece en la obra. De otro lado, considero importante abrir la discusión a los estudios de la navegación marítima, tema sobresaliente que si bien no ha sido obviado, no ha recibido la profunda atención que merece. De aquí mi insistencia en que los *Infortunios* sea estudiado no solamente en cursos de literatura sino también de historia, política, cultura y sociedad del siglo XVII.

A medida que el narrador va participándonos sus infortunios se perciben semejanzas con otro relato anterior: la historia de «el Cautivo» en la primera parte del *Quijote* (1605) de Cervantes. A esto hay que añadirle el curioso hecho de que los epítetos que caracterizan a la obra cervantina de «novedosa», «primera novela moderna», etc. son los mismos que se le han conferido a *Infortunios*, volumen que para las letras latinoamericanas representa «la vanguardia», «la incipiente novela», «la primera netamente hispanoamericana» entre otros.

---

5   El siguiente ensayo está inspirado en el artículo que me publicara, en 2005, la revista *Ínsula Barataria* de Perú (ver los detalles en el Apéndice bibliográfico, sección C), en honor a los cuatrocientos años de la publicación del *Quijote*.

6   Para más información sobre todos estos debates, favor de consultar los estudios de Estelle Irizarry, Lucrecio Pérez Blanco y el de Belén Castro y Alicia Llarena en sus respectivas ediciones de *Infortunios*. Además, recomiendo los ensayos de los siguientes autores, cuyos datos bibliográficos se encuentran en el apéndice que presento al final de esta edición: Alberto Sacido Romero (1992), Kathleen Ross (1995), Antonio Lorente Medina (1996), Carlos Riobó (1998), Enrique Rodrigo (2000), Daniela Flesler (2002), entre muchos otros.

7   Anderson Imbert se refiere al «autor-personaje-autor» (ver la sección de ensayos sobre Sigüenza y Góngora (C) en el Apéndice bibliográfico).

Los rasgos cervantinos que se destacan en la producción de autores del lado occidental del Atlántico corroboran la gran influencia del *Quijote* en las letras hispanoamericanas. Si bien nos atrevemos a decir que la obra de Sigüenza y Góngora tiene resabios quijotescos, también es justo aclarar que «el Cautivo» recoge parte de una historia que circulaba de boca en boca desde la Edad Media, conocida comúnmente como «la hija del diablo» (Chevalier). Y si a esto le añadimos la tesis de Hayden White de que toda ficción parte de la historia y que a su vez no hay historia que no esté salpicada de ficción, podremos aquilatar mejor el mensaje político, social y religioso que ambos textos albergan. O, como acertadamente explica Marcelino Canino Salgado: «no existe la ficción absoluta. Es necesaria la praxis vital, la convivencia, la observación, el avivamiento de los sentidos útiles para tener una aceptable percepción de la realidad contingente y circunstancial. Lo que un sentido no provee, lo brindarán los otros.»[8]

Así pues, la narración superpuesta, la nebulosidad histórico-literaria, el encuentro con el «Otro», con lo desconocido y diferente, con el «hereje» o pagano, en fin, la intertextualidad que aparece en estos dos relatos, constituye nuestro punto de partida. Para mí, el hibridismo de ambas novelas resulta ser metáfora encubridora de la realidad histórica de cada escritor-protagonista-personaje-narrador.

Me interesa recalcar que en los 85 años transcurridos entre las publicaciones de *El ingenioso hidalgo don Quijote de la Mancha* e *Infortunios de Alonso Ramírez* se pasa del mundo musulmán del Mediterráneo al entorno anglosajón y protestante que va abriéndose camino por caribeñas y atlánticas aguas en ruta hacia el Pacífico, rumbo a las Filipinas y de regreso a las costas de Yucatán. En menos de un siglo se produce un cambio geográfico en el cual el centro (Mignolo) o la zona de contacto (Pratt) se trastoca y se desplaza, pero la mentalidad española (entiéndase católica) sigue igualmente aferrada a los cánones de la contrarreforma. Las desgracias y los pesares padecidos a principios del siglo XVII por los personajes de Cervantes hacen eco en la nueva raza criolla representada por Alonso Ramírez ya a finales del mismo siglo. De esta manera, la relación antagónica entre moros, judíos y cristianos presentada en el *Quijote* queda reemplazada por la que ocurre entre los cristianos protestantes y los cristianos cató-

---

8   Presentación del libro *Pájaros migrantes y otros cuentos* (2010) de José Manuel Torres Santiago (Los Libros de la Iguana, Puerto Rico), el 26 de julio de 2010.

licos de los *Infortunios*. Por esta razón, al escudriñar los motivos que llevan al autor-narrador-protagonista-personaje de cada cuento a relatar su pesarosa historia importa poner de relieve, aunque sea a vuelo de pájaro, los elementos históricos que se evidencian en ambos textos junto a la posible ficción que les sirve de ornamento.

Entrado el siglo XVI surge una nueva ideología religiosa en el justo centro del catolicismo romano de Europa. La atención del patronato real ibérico se bifurca para combatir las corrientes reformistas que, alrededor de 1519, propulsa Lutero dentro de la Iglesia. Carlos V de Hapsburgo, el entonces sacro-emperador-romano y rey de España (Carlos I), se convierte en defensor ardiente del catolicismo apostólico y romano arrastrando consigo a toda la nación hacia un enfrentamiento contra aquellos que caían bajo la consideración de herejes. Así vuelve a encenderse la mortífera animosidad entre los mismos cristianos, la cual no había tenido paralelo desde la cruzada promulgada por el Papa Inocencio III (Siglo XIII) contra la secta cristiana cátara, cuyos miembros, a pesar de que rechazaban los sacramentos, vivían en castidad, abstinencia y pobreza. El Imperio de Carlos V se fortaleció por la fe romana y continuó su filiación gracias al legado del primer Carlos –Carlo Magno, el Grande–, quien fuera ungido por el Papa León III el día de Navidad del año 800, dando, así, origen al Sacro y Romano Imperio. No obstante, la pugna y los odios que prevalecían en la cuenca del Mediterráneo seguirían siendo mayormente entre moros y cristianos, mientras que los cristianos reformistas de corrientes variopintas, y mediante confrontaciones cruentas y prolongadas, competirían, armados, no sólo por más espacios geográficos en la Europa del Norte, sino por las almas de los nuevos conversos. Cabe señalar que el impulso de convertir al «Otro» es práctica inherente de ambos grupos dominantes (españoles-católicos/sajones-protestantes) y que hasta hoy los dos deberían albergar remordimientos por las atrocidades cometidas contra los no cristianos, sean o hayan sido judíos, musulmanes o indígenas, estos últimos de las tierras que ahora comprenden Hispanoamérica así como Norteamérica.[9]

---

9   No debe pasar desapercibido que, una vez convertidos a la religión imperial, los nuevos conversos eran en muchos casos los menos tolerantes (pensemos en Torquemada, como caso extremo). No sorprende, pues, que los descendientes de los primeros españoles llegados al Nuevo Mundo se aferraran con tanta devoción a la fe impuesta, como veremos en los textos que nos ocupan. También es cierto que la conversión sajona era sutil, más bien altruista y comercial, como fue el caso en la China y en la India, donde los ingleses establecieron misiones hospitalarias y educativas a medida que iban convirtiendo. La suya, pues, no era una conversión tanto a fuerza de la espada, sino mediante obras en su mayoría filantrópicas de salubridad y educación.

En el Capítulo 37 de la Primera parte del *Quijote* aparece la curiosa pareja de un hombre de edad madura y una joven mora llamada Zoraida que quiere ser cristiana y llamarse, a como dé lugar, María. Su presentación queda en suspenso mientras Don Quijote se apodera del discurso hasta el Capítulo 39 cuando se reanuda el meta-cuento que ha de terminar en el Capítulo 41. Nos referimos a la conocida historia de «el Cautivo» –Rui Pérez de Viedma– que a mi juicio es de carácter tripartito. La primera parte comienza de manera muy parecida al principio de la novela *Don Quijote* como tal: «En un lugar…» excepto que en este caso el narrador es oriundo de una región más al norte, «de las montañas de León» (464).[10] De inmediato el mismo ex-cautivo cuenta algunos pormenores de su vida, incluyendo información sobre su padre y sus dos hermanos. Luego aborda su cautiverio en Argel (elemento autobiográfico de Cervantes, según se sabe), con el cual da paso a la segunda parte: su lamentable experiencia de cautivo, que incluye el encuentro con Zoraida, la fuga de vuelta a su patria y las desgracias que padeció en alta mar acompañado de la mora y otros hombres. La tercera parte culmina con el arribo a tierra firme y la subsiguiente entrada a la venta en donde comienza a narrar su historia.

Para cerciorarse de no pasar desapercibidos, el Cautivo hace hincapié en los abusos y sufrimientos que tuvo que soportar junto a tantos otros cristianos capturados por musulmanes, acción cometida de parte y parte desde aquella época hasta nuestros días.[11] Con Diego de Urbina –capitán de la compañía en que sirvió el mismo Cervantes– el cautivo presencia la alianza creada por el Papa Pío V entre Venecia y España «contra el enemigo común, que es el turco» (466) y participa en el viaje que ha de marcar el «día, que fuera para la Cristiandad tan dichoso, porque en él se desengañó el mundo y todas las naciones del error en que estaban, creyendo que los turcos eran invencibles por la mar» (467). Incluso insiste en lo maravilloso que fue ver cómo «quedó el orgullo y la soberbia otomana quebrantada» (467). Pero para su desgracia, salta dentro de una de las galeras turcas donde queda totalmente solo frente a sus enemigos, sin poder celebrar la victoria que otros lograron: «quince mil cristianos los que aquel día alcanzaron la deseada libertad,» solamente él quedó «triste entre tantos alegres, y el cautivo entre tantos libres» (467).

---

10   Cito de la edición de John Jay Allen. Madrid: Cátedra, 2001.

11   Los últimos acontecimientos relativos al Cercano y Medio Oriente fortalecen la idea de que la historia se repite y la máxima del Eclesiastés de que «no hay nada nuevo bajo el sol.»

Para ver «El Cautivo» e *Infortunios* como relatos biográficos vale la pena hacerlo dentro del contexto histórico no sólo personal de cada autor, sino del Imperio que en el siglo XVII ya vislumbraba su ocaso. Entonces se necesitaba revivir el espíritu y la chispa que habían inculcado Fernando e Isabel en aquellos primeros años «dorados» posteriores a 1492 y que habrían de ganar mayor esplendor durante el reinado (1517-1556) de su nieto Carlos V. En ambas instancias, la política y la religión transcurrían a la par y, cuando los sucesos del cautivo, España ya iba en declive: la expulsión de los judíos había generado un vacío de profesiones que llevó, por ende, al descalabro económico. El permiso para quedarse que se les había otorgado a los moriscos no impidió el maltrato hacia ellos, el cual siguió expandiéndose a medida que el imaginario popular los convertía en chivos expiatorios de todos los males que asediaban el espacio doméstico. Por eso, no era para menos que el Cautivo cristiano de Cervantes pagara los sufrimientos padecidos por musulmanes en nombre de la Iglesia y su «Santa» Inquisición.[12] Aún más me atrevo a proponer que los fantasmas de don Quijote, aquellos magos, encantadores, monstruos y gigantes que lo acosan, agobian y persiguen son metáfora de los moros que torturaban a los cristianos en Argel. Dicho de otra manera, Don Quijote y el Cautivo personifican el cristianismo, sus pesadillas simbolizan el Islam y todo lo negativo que esta religión representa ante los de fe católica.

La transición que va desde el nacimiento, el desarrollo y el esplendor del acontecer humano hasta su decadencia y transfiguración resulta tan patente en la naturaleza orgánica como en el quehacer histórico. Esto lo vemos en los últimos años del siglo XVII, momento en que España parece avocada hacia una decadencia irreversible; asimismo nos vuelca al momento de Alonso Ramírez y Sigüenza y Góngora, ejemplos de una nueva raza mestiza y una cultura criolla, que acarrean consigo los efectos que la conquista y colonización del Nuevo Mundo dejó entre las poblaciones indígenas de todo el continente americano.

Si bien es cierto que el protagonista de *Infortunios* anuncia categóricamente su identidad americana al decir «Es mi nombre Alonso

---

12   No hemos de olvidar que al salir la primera parte de *Don Quijote* ya se estaba fraguando la expulsión de los moriscos, españoles de nacimiento, a quienes los Reyes Católicos habían prometido respetar y conferir estabilidad en la tierra que los siervos de Alá consideraban tan suya como cualquier otro español. Como se sabe, todos —judíos, cristianos y musulmanes— descienden directamente de Abrahán y siendo monoteístas se rigen por la ley del talión de «ojo por ojo y diente por diente.»

Ramírez y mi patria la ciudad de San Juan de Puerto Rico…» (Cap.
I), lo que prevalecerá a lo largo de la novela son su nacionalismo español, heredado por línea colateral de sus progenitores, y su ferviente
catolicismo. Esta alusión a su "puertorriqueñismo" responde más que
nada a dar fe sobre su relación directa con España, Madre Patria de
las colonias del Imperio Español. Nunca más habrá de aludir a su
origen puertorriqueño, sino que se referirá a sí mismo como español
y católico, lo cual hasta cierto punto le abre las puertas al mundo sin
necesidad de tener que presentar cédula de identidad. En este sentido,
no es trascendente que declare su lugar de nacimiento ya que, al salir
de ella cuando apenas era un adolescente, fue muy poco el tiempo que
pasó en la Isla.

Alonso incluso juzgará y se relacionará con los otros según de
donde vengan y según la religión que profesen. Para él, la crueldad
de los piratas se centra en no profesar el catolicismo. Por ejemplo, al
principio de sus amarguras, y mientras explica su travesía por India
y los lugares a los que llegaba, indica que los dueños de Singapur y
sus alrededores son:

> …los holandeses, debajo de cuyo yugo gimen los desvalidos cató-
> licos que allí han quedado, a quienes no se permite el uso de la re-
> ligión verdadera, no estorbándoles a los moros y gentiles sus vasallos
> sus sacrificios. (Cap.II).[13]

El terror hacia cualquiera que no fuese católico se hace palpable a
lo largo de su narración: cualquier encuentro o altercado con ellos sus-
citaba sudores fríos y lamentos, prefiriendo «morir primero de
hambre entre las olas» que volver a sufrir sus crueldades (Cap. 5).
Cuenta Alonso que, de sólo pensar en volver a caer en manos de los
bárbaros ingleses, sus compañeros lloraban a lágrima tendida:
«apenas veían cosa que tocase a inglés cuando al instante les faltaba
el espíritu y se quedaban azogados por largo rato» (Cap. 5). Por el contrario, en el momento en que alguien le muestra un poco de com-
pasión Alonso afirma que tal gesto se debe a las creencias católicas de
aquél. Ejemplo de esto lo tenemos cuando asegura que uno de los ingleses –el condestable Nicpat– que le mostró «alguna conmiseración
y consuelo» era *católico sin duda alguna*» (Cap. 3, énfasis mío). Algo
parecido sucede cuando se encuentra con los franceses –en quienes sí

---

13   Como explico en la nota que encabeza el primer capítulo del texto de los *Infortunios*,
     decidí mantener la alternancia original entre los números romanos (Capítulos I, II y IV)
     y los arábigos (Capítulos 3, 5, 6 y 7).

confía por ser católicos– y trata de convencer a sus compañeros de ponerse «a merced suya en aquella isla, persuadidos que haciéndoles relación de [sus] infortunios, les obligaría la piedad cristiana (o sea, católica) a patrocinar[los]» (Cap. 5). Lo curioso de este pasaje yace en que punto seguido Alonso da noticia del otro temor que sentían sus compañeros de viaje: que «por su color y por no ser españoles, [los franceses] los harían esclavos.»

El culto mariano cifra, acaso, la diferencia más tajante entre católicos y protestantes. En la historia del Cautivo, la joven mora deja establecido que quiere convertirse al cristianismo; no hay duda de ello. Pero es menester aclarar que este deseo no responde a seguir el camino de Cristo, sino a estar con la Virgen María a quien ella llama *Lela Marién*. La carta que le hace llegar al Cautivo ejemplifica a la perfección la intertextualidad y el sincretismo idólatra mariano e islámico a la vez. En su epístola al cautivo cristiano Rui Pérez de Viedma, Zoraida confiesa:

> Cuando era niña, tenía mi padre una esclava, la cual en mi lengua me mostró la zalá[14] cristianesca, y me dijo muchas cosas de Lela Marién. La cristiana murió, y yo sé que no fue al fuego sino con Alá, porque después la vi dos veces, y me dijo que me fuese a tierra de cristianos a ver a Lela Marién, que me quería mucho... (479).

En la misma carta le pide respuesta al Cautivo y le especifica que «si no tienes quien te escriba en arábigo, dímelo por señas, que Lela Marién hará que te entienda.» Luego se despide de él con los buenos deseos de que «Ella y Alá te guarden...» (479).

Este tipo de mestizaje religioso y cultural continúa *in extenso* la narración. El Cautivo les explica a quienes lo escuchan en la venta que cuando él y sus compañeros no estaban seguros de la mejor manera de obrar decidieron esperar «el aviso segundo de Zoraida, que así se llamaba la que ahora quiere llamarse María...» (481). Para la joven mora, el cambio de nombre es tan crucial que, al escuchar que el Cautivo se refiere a ella como «lela Zoraida,» «dijo con mucha priesa, llena de congoja y donaire: —¡No, no Zoraida: María, María! — dando a entender que se llamaba María y no Zoraida» (454). Después de sus desventuras marítimas en manos de corsarios franceses, el Cautivo y sus acompañantes llegan a España y van directamente a la

---

14 *Zzalá*, «Cierta ceremonia que hacen los moros, que vale tanto como hacer reverencia, venerar y adorar» (Covarrubias).

iglesia donde por primera vez Zoraida ve no sólo una sino muchas imágenes de su salvadora «lela Marién.» Finalmente, en una manera que nos recuerda el credo de Calixto en *La Celestina* («Melibeo soy y a Melibea adoro y en Melibea creo y a Melibea amo…»), el Cautivo da fin a su cuento ofreciendo testimonio de su lealtad y devoción no a su fe religiosa, a Cristo o a la Virgen María, sino a esta virgen joven, mora, de carne y hueso que ahora lo acompaña:

> La paciencia con que Zoraida lleva las incomodidades que la pobreza trae consigo, y el deseo que muestra tener de verse ya cristiana es tanto y tal que me admira, y me mueve a servirla todo el tiempo de mi vida… (502).

Sabido es que la devoción a la Virgen María presenta problemas teológicos y que se presenta como la punta de lanza que abre una gran brecha entre cristianos católicos y cristianos protestantes. Mientras para estos últimos nada ni nadie debe anteponerse al verdadero foco de la religión –entiéndase el cuerpo místico de Jesucristo–, para los primeros, el culto a la Madre de Cristo se inicia desde muy temprano, bajo la creencia, a lo largo de los siglos, de que no se encuentra otra figura más compasiva que Ella. Madre ya no sólo del Hijo, sino Madre Universal, María es a quien más acuden los desvalidos y olvidados del mundo, por lo cual no es de extrañar que el matriarcado, tan común a las civilizaciones precolombinas, sintiera contigüidad en esta nueva mujer divinizada.

Alonso Ramírez le implora a la Virgen de Guadalupe en muchas ocasiones, suplicándole ayuda y alabando su intervención. Entre los buenos oficios de la Virgen, hay que destacar el milagro de la lluvia hacia finales del relato. Cuando Alonso y los suyos llevaban mucho tiempo sin agua decidieron pedirle «a la Santísima Virgen de Guadalupe» que se apiadara y compadeciese de ellos, «pues era fuente de aguas vivas para sus devotos» y que los «socorriese como a sus hijos…» (Cap. 6). Enseguida, sin que terminasen sus ruegos, «viniendo por el Sueste la turbonada, cayó un aguacero tan copioso sobre nosotros, que, refrigerando los cuerpos… nos dio las vidas.» De hecho, según Alonso Ramírez, la dicha de verse libre después de tanto maltrato no hubiera sido posible a no ser que «continuamente no hubiera ocupado la memoria y efectos en María Santísima de Guadalupe

de México» (Cap. IV). En oposición al Cautivo que promete servirle
a Zoraida toda la vida, Alonso Ramírez da su palabra de que tan
pronto se vea fuera de peligro «vivir[á] esclavo» de la virgen el resto
de su vida «por lo que le deb[e]» (Cap. IV).

Los estudios posmodernos nos han bendecido, por así decirlo, con
la maleabilidad del texto que, como ha señalado Derrida, lo contiene
todo. Con esto se explica que siglos después sigamos elucidando sobre
los pormenores literarios mencionados antes, como el fenómeno de la
autoría que desenlaza la reflexión sobre las dos obras en las que me
he detenido. Polémicos y sobresalientes, ambos relatos son producto
del cruzamiento de razas, especies, culturas, religiones, lenguas y variedad de géneros. Tanto el cuento narrado por el cautivo Rui Pérez
de Viedma como el narrado por el exiliado Alonso Ramírez han sido
objeto de disputa en cuanto a su veracidad y autoría. Los datos biográficos de Cervantes representados en el personaje de su novela
sirven de contrapunto frente a la naturaleza y el carácter del torturado
puertorriqueño. Por otro lado, el fervor, la devoción y la entrega ritual
hacia un arquetipo icónico femenino, sea éste divino –María, madre
de Dios y origen del amor sagrado para los católicos– o terrenal –Zoraida, mujer joven e ingenua, exótica, fuente del amor humano y
carnal, actualizado de cuerpo presente–, junto al pavor que sufren
Rui Pérez de Viedma y Alonso Ramírez de caer en manos de sus respectivos enemigos, sirven de metáfora caracterizadora del derrotero
que han de llevar –o sobrellevar– los hombres dignos. Al cabo de
tantas provocaciones y sufrimientos, a fin de cuentas, ambos perso-
najes-protagonistas encuentran a quienes contarles sus cuitas, pese a
la siguiente diferencia. Al pisar tierra firme el Cautivo se siente confiado y a salvo cuando llega a la venta donde encuentra gente que le
presta oídos; en cambio Ramírez, a pesar de que una vez llega a
Mérida comparte sus tormentos con otros,[15] sus miserias habrán de
continuar. Allí, explica que «no hubo persona alguna que viéndome
a mí y a los míos casi desnudos y muertos de hambre extendiese la
mano para socorrerme...» Como si esto fuese poco, cuenta que, por
decreto de la *Bula de la Cruzada*,[16] quisieron quitarle el derecho a quedarse con los pocos bienes que había conseguido durante su travesía;
además lo amenazaron con declararlo «traidor al rey» hasta que, fi-

---

15   Antes de relatarle todo a Sigüenza y Góngora, Alonso Ramírez da testimonio de que
      «[n]o hubo vecino [de la ciudad de Mérida] que no me hiciese relatar cuanto aquí se ha
      escrito, y esto no una, sino muchas veces» (Cap. 7).
16   Ver nota 255 p.56, en el texto de los *Infortunios*.

nalmente, le exigieron que se fuera a Veracruz a formar parte de la Artillería de la Real Armada de Barlovento bajo las órdenes de un «mancebo excelentemente consumado en la hidrografía» (Cap. 7). En otras palabras, y refutando las expresiones de Pérez Blanco sobre el final feliz de Alonso, hago constar que, aún después de pisar tierra firme, Ramírez no dejó de padecer –cierto que no torturas físicas, pero sí humillaciones de toda índole– y que la única «recompensa» a todas sus miserias fue el nombramiento que le hicieron como un miembro más de la tripulación de la susodicha embarcación, con un capitán más joven y con menos experiencia de la que Ramírez había obtenido en su periplo por las aguas del mundo.

En fin, tanto el relato del Cautivo como el de Alonso Ramírez se nos presentan con la literalidad de la historia y la historicidad de la literatura; a la postre, uno y otro se afincan en cierta identidad nacional propulsada y respaldada por el antagonismo religioso moros/cristianos, protestantes/católicos que se fundamenta en la misma creencia monoteísta de los descendientes de Abrahán por un lado, y la misma fe de los creyentes en Jesús como Hijo de Dios por el otro. O sea, la identidad nacional española al igual que la americana están cimentadas en el catolicismo sincretista de nuestros pueblos por encima de raza, idioma y política social. Incluso el credo religioso se convierte en el promotor de las gestas imperiales de la Corona Española en la Madre Patria al igual que en los virreinatos de sus trasatlánticas tierras. De aquí que los encantadores que acechan a don Quijote cobren razón de ser a nivel político-religioso ante los musulmanes que torturan al Cautivo en el Mediterráneo. Como se mencionó anteriormente, esto no es sino la metáfora que a su vez sirve para explicar los abusos desmedidos sufridos por Alonso Ramírez en los Océanos Atlántico y Pacífico en manos de los anglosajones protestantes que también se abrían camino en pos de conseguir riquezas y una nueva –a la misma vez que estable– vida en los confines atlánticos, caribeños y pacíficos.

Reconocimientos y agradecimientos

Antes de cerrar estas líneas deseo dar crédito a quienes de una u otra manera me brindaron su apoyo durante el proceso de recopilar el material y plasmar mis ideas sobre esta polémica obra.

Empiezo por agradecer la valiosa ayuda que recibí de parte de Marcelino Canino Salgado, quien desde mis años de estudio en la Universidad de Puerto Rico se ha mantenido a mi lado y cuyos consejos y opiniones siempre me han dirigido hacia nuevos horizontes.

Durante junio y parte de julio de 2010 recibí la asistencia de Kristen Skopowski, estudiante de la University of Delaware, quien estuvo a cargo de organizar gran parte de la bibliografía que aparece en el apéndice.

Al Doctor Vijayendra Pratap le agradezco el facilitarme un espacio tranquilo desde el cual emprender y darle forma a mi labor editorial; esta edición se cuajó mayormente en su retiro de Yoga ubicado en las montañas del estado de Pensilvania.

Gracias a la *Hispanic Society of America* (Nueva York) logré usar la misma princeps utilizada por Estelle Irizarry para su edición; con este original pude corroborar de primera mano los cambios presentados en las otras ediciones.

Asimismo les doy mi agradecimiento a Megan Gaffney, bibliotecaria de la Morris Library de la Universidad de Delaware, y a John Pollack, bibliotecario de la Sala de Libros Antiguos de la Biblioteca Van Pelt de la Universidad de Pensilvania, por ayudarme a conseguir otra *editio princeps* en mejores condiciones que la de la Hispanic Society of America.

Estoy endeudada con María Eugenia Hidalgo por regalarme un ejemplar de los *Infortunios* que hoy resulta casi imposible de conseguir: la reimpresión hecha por el Instituto de Cultura Puertorriqueña (Noviembre de 1967) para la serie de Libros del Pueblo. Se trata de un folleto (el número 6 de la serie) de difusión popular ilustrado por el artista Carlos Marichal.

Merecen el más profundo reconocimiento mi querida familia, mis amistades y colegas como también mi editor Pablo Agrest por mantenerse pendientes e interesados en mi trabajo hasta el final y por ofrecerme su incondicional apoyo en todo momento.

II. Infortunios de Alonso Ramírez

texto íntegro, siguiendo la edición princeps de 1690,

con notas explicativas al pie de página

AL EX.^{MO} SEÑOR

D.¹ GASPAR DE SANDOVAL, CERDA,

SILVA Y MENDOZA,

Conde de Galve; Gentilhombre (con ejercicio)² de la Cámara de Su Majestad, Comendador de Zalamea y Seclavín en la Orden y Caballería de Alcántara, Alcaide Perpetuo de los Reales Alcázares, Puertas y Puentes de la Ciudad de Toledo, y del Castillo y Torres de la de León; Señor de las Villas de Tortola y Sacedón, Virrey, Gobernador y Capitán General de la Nueva España, y Presidente de la Real Chancillería de México, &c.³

S I SUELE SER CONSECUENCIA de la temeridad la dicha, y es raro el error a que le falta disculpa, sobrábanme⁴ para presumir acogerme al sagrado de V. Ex.ª estos motivos, a no contrapesar en mí (para que mi yerro sea inculpable) cuantos aprecios le ha merecido a su comprehensión⁵ delicada sobre discreta la *Libra astronómica y filosófica,*⁶ que a la sombra del patrocinio de V. Ex. en este mismo año entregué a los moldes.⁷ Y si al relatarlos en compendio quien fue el paciente, le dio V. Ex. gratos oídos, ahora que en relación más difusa

---

1   Excelentísimo, Don; éstas y todas las demás siglas usadas por Sigüenza y Góngora están explicadas en la Introducción, en la sección de *Apuntes sobre la ortografía, Abreviaturas.*

2   Así, entre paréntesis, en el original de 1690. Como explico en mi introducción, Sigüenza usó tanto paréntesis como corchetes, detalle que mantuve intacto. Cualquier añadido mío aparece entre llaves { } para evitar confusión con los signos originales.

3   Gaspar de Sandoval (1653-1697) se ocupó del virreinato desde 1688 hasta 1696 cuando las dificultades se hicieron palpables en todos los ámbitos, desde problemas en la agricultura hasta revueltas en las calles, cuyo aumento hizo que solicitara relevo. Entre los más jóvenes en ocupar el cargo, este virrey se distinguió por intensificar la educación del castellano entre los indígenas así como por fortalecer la seguridad marítima de las costas del Golfo y del Caribe contra los ataques de franceses e ingleses. Esto explica que el relato de los *Infortunios* esté dedicado a él.

4   Pasado imperfecto con pronombre enclítico en el original, pero que Lucrecio Pérez Blanco cambió al presente: sóbranme.

5   Comprehensión en el original, del verbo 'comprehender': «abrazar..., entender y percibir alguna cosa» (Covarrubias). La edición de Lucrecio Pérez Blanco lee «compresión,» lo cual nos hace pensar que se debe a un error tipográfico

6   *Libra astronómica y filosófica,* obra de Sigüenza que salió publicada el mismo año que los *Infortunios.*

7   *«Libra*... entregué a los moldes,» el propio Sigüenza y Góngora hace referencia a la obra que ya había mandado a publicar ese mismo año (1690) antes que los *Infortunios.*

se los represento a los ojos, {¿}cómo podré dejar de asegurarme atención igual?[8] Cerró *Alonso Ramírez* en México el círculo de trabajos[9] con que, apresado de ingleses piratas en Filipinas, varando en las costas de Yucatán en esta América, dio vuelta al mundo. Y condoliéndose V. Ex.ᵃ de él cuando los refería, {¿}quién dudará[10] el que sea objeto de su munificencia en lo de adelante sino quien no supiere el que, templando V. Ex.ᵃ con su conmiseración su grandeza, tan recíprocamente las concilia que las iguala, sin que pueda discernir la perspicacia más lince cual sea antes en V. Ex.ᵃ lo grande heredado de sus progenitores excelentísimos o la piedad connatural de no negarse compasivo a los gemidos tristes de cuantos lastimados la solicitan en sus afanes{?}[11] Alentado, pues, con lo que de esta veo cada día prácticamente, y con el seguro de que jamás se cierran las puertas del palacio de V. Ex.ᵃ a los desvalidos, en nombre de quien me dio el asunto para escribirla, consagro a las aras de la benignidad de V. Ex.ᵃ esta peregrinación lastimosa, confiado desde luego, por lo que me toca, que en la crisi{s} altísima que sabe hacer, con espanto mío, de la hidrografía y geografía del mundo, tendrá patrocinio y merecimiento, &c.

B. L. M. de V. Ex.a[12]

D. Carlos de Sigüenza
y Góngora.[13]

---

8   El original solamente tiene el signo final; coincido con los demás editores en el lugar donde empieza la pregunta.

9   *Trabajos*: pesares, desventuras, tribulaciones, en fin, infortunios: «...a cualquiera cosa que trae consigo dificultad o necesidad y aflicción de cuerpo o alma llamamos **trabajo**» (Covarrubias; el énfasis en negritas es suyo). El narrador usará este término a lo largo de su relato, haciendo hincapié en los sufrimientos padecidos por Alonso Ramírez.

10   Pérez Blanco escribe *durará*.

11   La princeps no tiene ningún signo de interrogación, pero todos los editores anteriores los han añadido; los he puesto entre llaves para que conste que no son originales.

12   Para el significado es ésta y todas las otras abreviaturas, favor de referirse a la introducción.

13   Dada la gran cantidad de biografías sobre Sigüenza y Góngora (1645-1700) nos limitamos a informar que nació y se crió en México donde cursó estudios y sobresalió académicamente en las áreas de matemáticas y astrología, mientras que en el plano espiritual llegó a ser capellán del Hospital del Amor de Dios. Para el listado de sus obras referimos a los lectores al Apéndice bibliógrafo.

Aprobación del Licenciado D. Francisco de Ayerra Santa María,[14] Capellán del Rey Nuestro Señor en su Convento Real de Jesús María de México.

Así por obedecer ciegamente al decreto de V. S., en que me manda censurar la relación *de los infortunios* de Alonso Ramírez, mi compatriota, descrita por *D. Carlos de Sigüenza y Góngora*, Cosmógrafo del Rey Nuestro Señor, y su Catedrático de Matemáticas[15] en esta Real Universidad, como por la novedad deliciosa que su argumento me prometía, me hallé empeñado en la lección de la obra; y si al principio entré en ella con obligación y curiosidad, en el progreso, con tanta variedad de casos, disposición y estructura de sus periodos, agradecí como inestimable gracia lo que traía sobrescrito de estudiosa tarea. Puede el sujeto de esta narración quedar muy desvanecido de que sus infortunios son hoy dos veces dichosos: una, por ya gloriosamente padecidos, que es lo que encareció la musa de Mantua en boca de Eneas en ocasión semejante a sus compañeros troyanos: *Forsan et haec olim meminisse iuvabit*,[16] y otra, porque le cupo en suerte la pluma de este Homero (que era lo que deseaba para su César Ausonio: *Romanusque tibi contingat Homerus*[17]) que al embrión de la funestidad confusa de tantos sucesos dio alma con lo aliñado de sus discursos, y al laberinto[18] enmarañado de tales rodeos halló el hilo de oro para coronarse de aplausos. No es nuevo en las exquisitas noticias y laboriosas fatigas del autor lograr con dichas cuanto emprende con diligencias, y como en las tablas de la geografía e hidrografía tiene tanto caudal adquirido, no admiro que saliese tan consumado lo que con estos principios se llevaba de antemano medio hecho. Bastóle tener cuerpo la materia para que la excediese con su lima la obra. Ni era para que se quedase solamente dicho lo que puede servir escrito para observado, pues esto reducido a escritura se conserva y aquello

---

14 Con el título de «Francisco de Ayerra y Santa María, poeta puertorriqueño: 1630-1708» la Editorial de la Universidad de Puerto Rico publicó en 1948 el ensayo biográfico compuesto por Cesáreo Rosa Nieves en su honor.

15 Hago constar la ortografía de las siguientes palabras tal cual aparecen escritas en la princeps: *Cosmographo, Cathedratico, Mathematicas*. Más abajo Ayerra escribe *Geographia* e *Hydrographia*

16 «Posiblemente recordemos estas cosas con alegría» (traducción libre).

17 «Ojalá que aparezca un Homero romano que te cante o alabe» (traducción libre). Los paréntesis son originales; así será a lo largo de la obra. En ocasiones, el escritor o, en su lugar, el tipógrafo, los alterna con corchetes, por lo cual hago uso de las {llaves} cuando añado algo que no está en la princeps.

18 *Labiryntho* en el original.

con la vicisitud del tiempo se olvida, y un caso no otra vez acontecido es digno de que quede para memoria estampado: *Quis mihi tribuat ut scribantur sermones mei? Quis mihi det ut exarentur in libro stylo ferreo, vel saltem sculpantur in scilice?*[19] Para eternizar Job lo que refería, deseaba quien lo escribiera, y no se contentaba con menos de que labrase en el pedernal el buril[20] cuanto él había sabido tolerar: *dura, quae sustinet, non vult per silentium tegi* (dice la Glossa), *sed exemplo ad notitiam pertrahi.*[21] Este *Quis mihi tribuat* de Job halló (y halló cuanto podía desear) el sujeto en el autor de esta Relación que para noticia y utilidad común, por no tener cosa digna de censura, será muy conveniente que la eternice la prensa. Así lo siento, salvo, &c. México, 26 de junio de 1690.

*D. Francisco de Ayerra
Santa María*[22]

Suma de las licencias.

Por decreto del Excelentísimo Señor Virrey Conde de Galve, &c., de 26 de junio de este año de 1690, y por auto que el señor Doctor D. Diego de la Sierra, &c., Juez Provisor y Vicario General de este Arzobispado, proveyó este mismo día se concedió licencia para imprimir esta Relación.

---

19   Versos del Libro de Job, al cual alude más adelante: «Ojalá que mis sermones queden grabados para siempre en un libro» (traducción libre).

20   *Buril,*: instrumento puntiagudo de «hierro con que los plateros graban las piezas de plata» (Covarrubias).

21   Se refiere a las glosas bíblicas que explican ciertos pasajes. En general, la explicación en este caso es: «los que sufren no quieren que sus sufrimientos permanezcan escondidos en el silencio, sino que se den a conocer y sean ejemplos para los demás.»

22   Francisco de Ayerra y Santa María (1630-1708), oriundo de Puerto Rico al igual que Alonso Ramírez, partió de joven rumbo a México donde estudió y se licenció en Derecho Canónico. Ocupó varios cargos eclesiásticos, entre ellos, primer rector del Seminario Tridentino y capellán del Real Convento de Jesús y María.

INFORTUNIOS
DE
ALONSO RAMÍREZ
&c.

MOTIVOS QUE TUVO PARA SALIR DE SU PATRIA; ocupaciones y viajes que hizo por la Nueva España; su asistencia[23]en México hasta pasar a las Filipinas.

§. I.[24]

Q UIERO que se entretenga el curioso que esto leyere por algunas horas con las noticias de lo que a mí me causó tribulaciones de muerte por muchos años. Y aunque de sucesos, que sólo subsistieron en la idea de quien los finge, se suelen deducir máximas y aforismos, que entre lo deleitable de la narración que entretiene cultiven la razón de quien en ello se ocupa, no será esto lo que yo aquí intente, sino solicitar lástimas que, aunque posteriores a mis trabajos, harán por lo menos tolerable su memoria, trayéndolas a compañía de las que me tenía a mí mismo cuando me aquejaban. No por decir esto estoy tan de parte de mi dolor que quiera incurrir en la fea nota de pusilánime, y así, omitiendo menudencias que a otros menos atribulados que yo lo estuve pudieran dar asunto de muchas quejas, diré lo primero que me ocurriere, por ser en la serie de mis sucesos lo más notable.

Es mi nombre ALONSO RAMÍREZ y mi patria la Ciudad de S. JUAN DE PUERTO RICO, cabeza de la isla que en los tiempos de ahora con este nombre, y con el de *Borriquen*[25] en la antigüedad, entre el seno mexicano y el Mar Atlántico divide términos. Hácenla célebre los refrescos que hallan en su deleitosa aguada cuantos desde la antigua navegan sedientos a la Nueva España, la hermosura de su bahía, lo incontrastable del morro[26] que la defiende, las cortinas y baluartes co-

---

23 *Su asistencia*, su estadía, allí antes de zarpar rumbo a las Filipinas.
24 Sigo el estilo de la príncipe: el título de cada sección antecede el número; además mantengo la fluctuación de números romanos y arábigos tal cual aparecen en el texto original.
25 *Borriquen* en cursivas en el original; nombre taíno de Puerto Rico. Variantes: Borinquen, Borikén, Boriquén, etc.
26 *Morro*, la fortaleza de *San Felipe del Morro* construida por los españoles a mediados del siglo XVII para proteger la Isla de los constantes asedios e intentos de invasión por parte de otros grupos europeos, como ingleses, franceses y holandeses.

ronados de artillería que la aseguran. Sirviendo aun no tanto esto, que
en otras partes de las Indias también se halla, cuanto el espíritu que a
sus hijos les reparte el genio de aquella tierra sin escasez a tenerla pri-
vilegiada de las hostilidades de corsantes,[27] empeño es este en que pone
a sus naturales su pundonor y fidelidad sin otro motivo cuando es
cierto que la riqueza que le dio nombre, por los veneros[28] de oro que
en ella se hallan, hoy por falta de sus originarios habitadores que los
trabajen,[29] y por la vehemencia con que los huracanes procelosos ro-
zaron los árboles de cacao que, a falta de oro, provisionaban de lo necesario a los que lo traficaban,[30] y por el consiguiente al resto de los
isleños se transformó en pobreza.

Entre los que ésta había tomado muy a su cargo fueron mis padres,
y así era fuerza que hubiera sido, porque no lo merecían sus procederes. Pero ya es pensión de las Indias el que así sea. Llamóse mi padre
Lucas de Villanueva, y aunque ignoro el lugar de su nacimiento,
cónstame, porque varias veces se lo oía, que era andaluz, y sé muy bien

---

27 *Corsantes*, «término italiano, vale *cursus*. **Andar en corso**, andar robando por la mar, de
donde se dijo **corsario**» (Covarrubias; el énfasis en negritas es suyo), en otras palabras,
piratas. Sin embargo, Covarrubias obvia que los estados soberanos emitían «patentes de
corso», que eran una especie de franquicias para que privados pudieran robar naves ene-
migas, considerándose estos robos como «actos legítimos de guerra». Los corsos, en de-
finitiva, eran piratas al servicio de un estado beligerante, y sus actos de piratería, si la
víctima era de nacionalidad enemiga al emisor de la patente, no se consideraba delito
sino acto de guerra. *Corso Marítimo*: «La guerra marítima que en virtud de un derecho
natural y preexistente, hacen los ciudadanos de cualquier nación, sin formar parte de
las fuerzas regulares y sin retribución de ninguna clase, pero autorizados legalmente por
el jefe del Estado á que pertenecen. Su ejercicio está sujeto en todas las naciones á las
tres condiciones siguientes: 1ª necesidad indispensable en el armador de obtener el
permiso, ó sea la llamada *patente de corso*. 2ª Derecho del corsario, debidamente auto-
rizado, para reclamar en su favor, la adjudicación de las presas que con arreglo á la le-
gislación vigente verifique. 3ª Prohibición de reputar como suya la presa, y de disponer
de ella en parte ni en el todo , hasta que sea declarada válida y legítima, y adjudicada en
consecuencia, por el tribunal competente. Además, también es costumbre, y asi está prevenido en nuestras leyes interiores, que el armador preste fianza para responder de los
daños que ocasione ó abusos que cometa; que en el permiso ó patente, se expresen las lo-
calidades y el tiempo en que puede hostilizarse al enemigo; y por último, que esté pro-
visto de todos los documentos necesarios para probar la nacionalidad, y tripulado el
buque en su mayoría por súbditos del Estado á que pertenezca. Sin embargo, debe ad-
vertirse, que los verdaderos reglamentos del corso, se hallan en los tratados internacio-
nales y no en las leyes interiores de los pueblos.» (*Diccionario marítimo español*, Madrid,
1835).

28 *Venero*: «el lugar donde se descubren las venas de los metales» (Covarrubias).

29 Sabido es que los indios taínos se rehusaron a servirles de esclavos a los invasores y que,
al apresar a algunos europeos sedientos de oro, se lo vertían derretido garganta abajo.

30 *Por falta de sus originarios habitadores… lo traficaban*, con esto queda clara la merma de
los taínos a raíz de la conquista y colonización de su Isla, lo cual causó gran pobreza por
la falta de mano de obra indígena para sacar el oro o cultivar el cacao; todo esto llevó a
la disminución del intercambio [*tráfico*] de bienes con los europeos.

haber nacido mi madre en la misma ciudad de Puerto Rico,³¹ y es su nombre *Ana Ramírez*, a cuya cristiandad le debí en mi niñez lo que los pobres sólo le pueden dar a sus hijos, que son consejos para inclinarlos a la virtud.³² Era mi padre carpintero de ribera, e impúsome (en cuanto permitía la edad) al propio ejercicio, pero reconociendo no ser continua la fábrica³³ y temiéndome no vivir siempre por esta causa con las incomodidades que, aunque muchacho, me hacían fuerza, determiné hurtarle el cuerpo a mi misma patria³⁴ para buscar en las ajenas más conveniencia.

Valíme de la ocasión que me ofreció para esto una urqueta³⁵ del capitán *Juan del Corcho*, que salía de aquel puerto para el de la *Habana*, en que, corriendo el año de 1675, y siendo menos de trece los de mi edad, me recibieron por paje. No me pareció trabajosa la ocupación, considerándome en libertad y sin la pensión de cortar madera, pero confieso que tal vez presagiando lo porvenir dudaba si podría prometerme algo que fuese bueno, habiéndome valido de un corcho³⁶ para principiar mi fortuna. Mas {¿}quién podrá negarme que dudé bien, advirtiendo consiguientes mis sucesos a aquel principio?³⁷

---

31   *Ciudad de Puerto Rico*, llamada así por Juan Ponce de León al ver las riquezas de la bahía y del puerto. No fue sino hasta mucho después que dicho nombre pasó a ser el de la Isla y el de San Juan Bautista, con el cual Colón la había bautizado en 1493, se convirtió en el de la capital. Tanto aquí como más adelante, Puerto Rico está escrito con guión en el original: Puerto-Rico.

32   Me parece muy acertada la opinión de Estelle Irizarry para quien esta descripción familiar deja ver el trasfondo judío del protagonista, ya que, como dice ella: «El apellido Villanueva se vincula con ilustres conversos...» (43). Ciertamente, el hecho de que Alonso insista en la devoción católica que heredó de su madre y que prefiera llevar el apellido materno, muy bien pudiera deberse al deseo de ocultar el «dudoso catolicismo del padre andaluz» (42).

33   *No ser continua la fábrica*, el trabajo no era seguro.

34   *Hurtarle el cuerpo...*, irse de la Isla.

35   *Urqueta*, urca: «Especie de fragata de carga, ó construida al propósito para ello, es decir. de muchos llenos, aunque no de tanta eslora como la fragata de guerra. Cuando es de esta especie, ó pertenece al Estado, suele llevar alguna artillería.=Fr. *Flûte, Gabare.* =Ing. *Storeship.*» (Diccionario marítimo español, Madrid, 1835); la variante *urqueta* puede referirse a su tamaño más pequeño. o a una valoración despectiva.

36   *Habiéndome valido de un corcho*, obvio juego de palabras para confirmar la mala suerte que le siguió tras irse con el capitán apellidado *Corcho*. Covarrubias ofrece las siguientes frases: «**Andar como el corcho sobre el agua**, no tener resolución de nada... **Hundir el corcho**, llegar a picar, como hace el pez en el anzuelo, y haber estado a peligro de quedarse de la agalla. **Nadar sin corcho** o sin calabazas...» Todas las frases en negritas son de Covarrubias y sirven para apoyar la ironía en la decisión del joven Alonso, quien nunca llegó a hacer fortuna. vg. «habiendo intentado iniciar mi fortuna a partir de algo de nulo valor.»

37   Sigüenza solamente usa el signo de interrogación final; el inicial lo hemos puesto para destacar la pregunta desde el principio. Lo mismo sucederá varias veces más a lo largo del texto.

Del puerto de la *Habana* (célebre entre cuantos gozan las Islas de Barlovento,[38] así por las conveniencias que le debió a la naturaleza que así lo hizo como por las fortalezas con que el arte y el desvelo lo ha asegurado][39] pasamos al de *S. Juan de Ulúa*[40] en la tierra firme de Nueva España,[41] de donde, apartándome de mi patrón, subí a la ciudad de la *Puebla de los Ángeles*, habiendo pasado no pequeñas incomodidades en el camino, así por la aspereza de las veredas que desde *Xalapa* corren hasta *Perote*[42] como también por los fríos que, por no experimentados hasta allí, me parecieron intensos.[43] Dicen los que la habitan ser aquella ciudad inmediata[44] a México en la amplitud que coge, en el desembarazo de sus calles, en la magnificencia de sus templos y en cuantas otras cosas hay que la asemejen a aquélla; y ofreciéndoseme (por no haber visto hasta entonces otra mayor) que en ciudad tan grande me sería muy fácil el conseguir conveniencia grande, determiné, sin más discurso que éste, el quedarme en ella, aplicándome a servir a un carpintero para granjear el sustento en el ínterin que se me ofrecía otro modo para ser rico.

En 1a demora de seis meses que allí perdí experimenté mayor hambre que en Puerto Rico, y abominando la resolución indiscreta de abandonar mi patria por tierra adonde no siempre se da acogida a la liberalidad generosa, haciendo mayor el número de unos arrieros, sin considerable trabajo me puse en MÉXICO. Lástima es grande el que no corran por el mundo grabadas a punto de diamante en láminas de oro las grandezas magníficas de tan soberbia ciudad.[45] Borróse de

---

38   *Islas de Barlovento*: grupo de islas de América integrado por las islas septentrionales de las Pequeñas Antillas. Algunas de las islas principales son Granada, Martinica, Santa Lucía, Barbados, Guadalupe, Dominica, Trinidad y Tobago. Dado que los vientos prevalecientes en la zona soplan de Este a Oeste, para las naves que venían al Nuevo Mundo este conjunto se veía más a barlovento que otro conjunto de islas compuesto por las Antillas Menores, que fueron llamadas *Islas de Sotavento*.

39   Combinación de paréntesis y corchete en el original.

40   *San Juan de Ulúa* es el nombre del puerto estratégico (por su relativa cercanía al de la Habana) fundado –a la par con la Villa Rica de la Vera Cruz– durante la segunda expedición, en 1518, bajo Juan de Grijalva, en cuyo honor se le llamó así. Se dice que el nombre *Ulúa* resultó de un malentendido cuando los españoles oyeron sobre los sacrificios que se hacían a los *acolhúas*, los habitantes de Culúa.

41   Con guión en el texto original: Nueva-España.

42   *Xalapa ... Perote*, lugares situados en las áreas montañosas de Veracruz, de la cual Jalapa (náhuatl *Xallapan*) es la capital.

43   Con esto Alonso nos recuerda que venía de la zona tropical del Caribe.

44   *Inmediata*, en el sentido de *parecida*.

45   *Las grandezas magníficas de tan soberbia ciudad* ya las había señalado Bernardo de Balbuena (España, ca.1562 - Puerto Rico, 1627) en su poema *Grandeza mexicana* (1604). De hecho, tanto el sustantivo *grandeza* como los adjetivos *magnífica/magnífico*, *soberbio/soberbia* aparecen innumerables veces en *Grandeza mexicana* para describir la fabulosa ciudad de México.

mi memoria lo que de la Puebla aprendí como grande desde que pisé la calzada en que por la parte de mediodía (a pesar de la gran Laguna sobre que está fundada) se franquea a los forasteros. Y siendo uno de los primeros elogios de esta metrópoli la magnanimidad de los que la habitan, a que ayuda la abundancia de cuanto se necesita para pasar la vida con descanso, que en ella se halla, atribuyo a fatalidad de mi estrella haber sido necesario ejercitar mi oficio para sustentarme. Ocupóme *Cristóbal*[46] *de Medina*, maestro de alarife[47] y de arquitectura con competente salario en obras que le ocurrían, y se gastaría en ello cosa de un año.

El motivo que tuve para salir de México a la ciudad de *Huaxaca*[48] fue la noticia de que asistía en ella, con el título y ejercicio honroso de regidor, *D. Luis Ramírez* en quien, por parentesco que con mi madre tiene, afiancé, ya que no ascensos desproporcionados a los fundamentos tales cuales en que estribaban, por lo menos alguna mano para subir un poco, pero conseguí después de un viaje de ochenta leguas el que, negándome con muy malas palabras el parentesco, tuviese necesidad de valerme de los extraños por no poder sufrir despegos sensibilísimos por no esperados; y así me apliqué a servir a un mercader trajinante[49] que se llamaba *Juan López*. Ocupábase éste en permutar[50] con los indios *mixes, chontales* y *cuicatecas* [51] por géneros de Castilla que les faltaban los que son propios de aquella tierra y se reducen a algodón, mantas, vainillas, cacao y grana. Lo que se experimenta en la fragosidad de la sierra, que para conseguir esto se atraviesa y huella continuamente, no es otra cosa sino repetidos sustos de derrumbarse por lo acantilado de las veredas, profundidad horrorosa de las barrancas, aguas continuas, atolladeros penosos, a que se añaden, en los pequeños, calidísimos valles que allí se hacen, muchos mosquitos y, en cualquier parte, sabandijas abominables a todo viviente por su mortal veneno.

Con todo esto atropella[52] la gana de enriquecer, y todo esto expe-

---

46   Escrito *Christoval* en el original.
47   *Alarife*, del árabe: «Sabio en las artes mecánicas, juez de obras de albañi|il|ería» (Covarrubias).
48   *Huaxaca*, Oaxaca, está situada en la parte sur del país y tiene costa con el Pacífico; Veracruz le queda al norte y Puebla al noroeste.
49   *Trajinante*, persona que lleva «cargas de una parte a otra, como hacen los recueros, que por esa razón se llamaron **trajineros**» (Covarrubias; el énfasis en negritas es suyo).
50   *Permutar*, intercambiar.
51   *Mixes, chontales* y *cuicatecas*, indígenas del área mesoamericana, específicamente de Oaxaca donde, hasta hoy, se encuentra la mayor cantidad de grupos étnicos, cada cual con su propio idioma.
52   *Atropella*, se enfrenta.

rimenté acompañando a mi amo, persuadido a que sería a medida del trabajo la recompensa. Hicimos viaje a *Chiapa* de Indios, y de allí a diferentes lugares de las provincias de *Soconusco* y de *Guatemala*,[53] pero siendo pensión de los sucesos humanos interpolarse con el día alegre de la prosperidad la noche pesada y triste del sinsabor, estando de vuelta para Huaxaca enfermó mi amo en el pueblo de *Talistaca*[54] con tanto extremo que se le administraron los sacramentos para morir. Sentía yo su trabajo,[55] y en igual contrapeso sentía el mío, gastando el tiempo en idear ocupaciones en que pasar la vida con más descanso, pero con la mejoría de *Juan López* se sosegó mi borrasca, a que se siguió tranquilidad, aunque momentánea, supuesto que en el siguiente viaje, sin que le valiese remedio alguno, acometiéndole el mismo achaque en el pueblo de *Cuicatlán*[56] le faltó la vida. Cobré de sus herederos lo que quisieron darme por mi asistencia y, despechado de mí mismo y de mi fortuna, me volví a México, y queriendo entrar en aquesta ciudad, con algunos reales intenté trabajar en la Puebla para conseguirlos, pero no hallé acogida en maestro alguno, y, temiéndome de lo que experimenté de hambre cuando allí estuve, aceleré mi viaje.

Debíle a la aplicación que tuve al trabajo cuando le asistí al maestro *Cristóbal de Medina* por el discurso de un año, y a la que volvieron a ver en mí cuantos me conocían, el que tratasen de avecindarme en México, y conseguílo mediante el matrimonio que contraje con FRANCISCA XAVIER, doncella huérfana de *Doña María de Poblete*, hermana del venerable Señor Dr. D. JUAN DE POBLETE,[57] deán de la

---

53 *Chiapas, Soconusco*, al sureste de México; bajo el coloniaje español formaron parte del Reino de Guatemala que los mismos españoles dividieron en provincias.

54 *Talistaca* pasó pronto a llamarse Pineda, apellido de una familia de colonos españoles que se ubicó allí; se encuentra en el estado de Guerrero.

55 Hacemos hincapié en que *trabajo* significa dificultad, padecimiento, etc., por lo cual la traducción que ofrecen Cummins y Soons –«*sentir el trabajo*. To arrange the continuation of the work» (76, n. 39)– es incorrecta. Al ver que su amo está a punto de morir, el joven Alonso se acongoja doblemente: por ver el sufrimiento del otro y porque sabe el que le espera a él mismo cuando se encuentre solo.

56 *Cuicatlán*, al sureste de México, entre Puebla y Oaxaca.

57 *Juan de Poblete*, aparece como autor de la «Oración fúnebre panegyrica» [sic] publicada en 1666 a raíz de la muerte de Felipe IV el año anterior. Según Antonio Alatorre, cuando la noticia llegó a México se desataron las musas de los poetas haciendo «sudar a las prensas» («Funerales de Felipe IV»). En *The Mexican Connection: The cultural cargo of the Manila-Acapulco galleons*, Carlos Quirino explica que Poblete ejerció como arzobispo de Manila en 1653, pero al no estar de acuerdo con ciertos decretos establecidos en la Bula Papal de Urbano VIII, fue amenazado con el exilio y le suspendieron el sueldo no sólo a él sino a sus subalternos, «forcing the prelate to borrow money for his personal support.» Todas estas vicisitudes parecen haber acelerado su muerte, el 8 de diciembre de 1667, bajo los lamentos de la gente que lo conocía «for his virtues and Christian charity» (http://filipinokastila.tripod.com/FilMex.html).

Iglesia Metropolitana, quien, renunciando la mitra arzobispal de Manila por morir como fénix en su patrio nido, vivió para ejemplar de cuantos aspiraren a eternizar su memoria con la rectitud de sus procederes. Sé muy bien que expresar su nombre es compendiar cuanto puede hallarse en la mayor nobleza y en la más sobresaliente virtud, y así callo, aunque con repugnancia, por no ser largo en mi narración cuanto me está sugiriendo la gratitud.

Hallé en mi esposa mucha virtud y merecíle en mi asistencia cariñoso amor, pero fue esta dicha como soñada, teniendo solos once meses de duración, supuesto que en el primer parto le faltó la vida. Quedé casi sin ella[58] a tan no esperado y sensible golpe, y para errarlo todo me volví a la Puebla. Acomodéme por oficial de *Esteban Gutiérrez*, maestro de carpintero, y sustentándose el tal mi maestro con escasez como lo pasaría el pobre de su oficial.[59] Desesperé entonces de poder ser algo, y hallándome en el tribunal de mi propia conciencia no sólo acusado sino convencido de inútil, quise darme por pena de este delito la que se da en México a los que son delincuentes, que es enviarlos desterrados a las Filipinas. Pasé pues a ellas en el galeón Santa Rosa que [a cargo del general *Antonio Nieto*, y de quien el almirante *Leandro Coello* era piloto][60] salió del puerto de Acapulco para el de *Cavite* el año de 1682.[61]

Está este puerto en altura de 16. gr. 40. mi.[62] a la banda del septentrión, y cuanto tiene de hermoso y seguro para las naos[63] que en él

---

58 *Sin ella*, sin vida.

59 En el original no hay indicio de que sea una pregunta –¿cómo lo pasaría el pobre de su oficial?– como aparece en las ediciones de Pérez Blanco y Cummins y Soons. Por su parte, Estelle Irizarry optó por ponerle acento a *cómo*, insinuando, así, la pregunta sin necesidad de los signos. Opté por dejar la oración en su forma original, como si se tratase de una comparación: las escaseces del maestro serán como las que habrá de pasar su nuevo oficial, Alonso Ramírez. Los lectores podrán llegar a su propia decisión.

60 Corchetes en la princeps. Los editores que consulté ni honran este signo ni mencionan que hicieron ese cambio. Casi todos lo sustituyen con paréntesis; Cummins y Soons alternan entre rayas [—] y comas [,].

61 *... desterrados a las Filipinas... Cavite.* En efecto, desde que el geógrafo y fraile Andrés de Urdaneta descubrió la ruta por el Pacífico para llegar a las Filipinas, la misma se convirtió en el camino acostumbrado para llegar al puerto de Kabite (en lengua indígena), en la Bahía de Manila. A pesar de que Filipinas (en honor a Felipe II) era colonia española, se administraba desde México. De ahí que surgiera un gran intercambio entre México y Filipinas y que se produjera una mezcla rica entre los habitantes de ambos lugares. El galeón Santa Rosa posiblemente sea el popular Galeón de Manila, llamado también Galeón de la China y Galeón Manila-Acapulco a causa del habitual ir y venir. Precisamente por la frecuencia con la que se realizaba la navegación, y por quedar tan lejos de México, Manila pasó a ser el destino de los miserables e indeseables. Lo irónico en el caso particular de Alonso Ramírez yace en que él se castiga a sí mismo; su auto exilio es una invitación a la mala suerte que habrá de acompañarle doquiera que vaya.

62 16 grados 40 minutos, medidas de navegación y de ubicación geográfica.

63 *Naos*, naves, navíos, buques, embarcaciones; «del nombre latino *navis*, bajel grande de

se encierran tiene de desacomodado y penoso para los que lo habitan, que son muy pocos, así por su mal temple y esterilidad del paraje como por falta de agua dulce y aun del sustento, que siempre se le conduce de la comarca, y añadiéndose lo que se experimenta de calores intolerables, barrancas y precipicios por el camino, todo ello estimula a solicitar la salida del puerto.

alto borde» (Covarrubias). *Naos* « Nombre genérico délas naves de gran porte , que navegaban solo á la vela, usadas en la Edad media; y aun se aplicaba á las mas grandes [...] La diferencia esencial de las naos y de toda clase de embarcaciones de vela con las de remos, estaba en la mayor manga de aquellas en proporción de su eslora, y además en el uso de velas cuadras.» (*Diccionario marítimo español*).

Sale de Acapulco para las Filipinas; dícese la derrota de este viaje, y en lo que gastó el tiempo hasta que lo apresaron ingleses.

§. II.

Hácese esta salida con la virazón por el Oesnoroeste, o Noroeste, que entonces entra allí como a las once del día; pero siendo más ordinaria por el Sudueste, y saliéndose al Sur y Sursudueste, es necesario, para excusar bordos esperar a las tres de la tarde, porque, pasado el Sol del Meridiano, alarga el viento para el Oesnoroeste y Noroeste, y se consigue la salida sin barloventear. Navégase desde allí la vuelta del Sur con las virazones de arriba [sin reparar mucho en que se varíen las cuartas o se aparten algo del meridiano][64] hasta ponerse en 12. gr. o en algo menos. Comenzando ya aquí a variar los vientos desde el Nordeste al Norte, así que se reconoce el que llaman del Lesnordeste y Leste,[65] haciendo la derrota al Oessudoeste, al Oeste y a la cuarta del Noroeste se apartarán de aquel Meridiano quinientas leguas, y conviene hallarse entonces en 13. gr. de altura.

Desde aquí comienzan las agujas a nordestear,[66] y en llegando a 18 gr. la variación, se habráns navegado [sin las quinientas que he dicho][67] mil y cien leguas, y sin apartarse del paralelo de 13 gr. cuando se reconozca {que} nordestea la aguja solos 10 gr. (que será estando apartados del meridiano de Acapulco mil setecientas y setenta y cinco leguas), con una singladura de veinte leguas o poco más se dará con la cabeza del sur de una de las Islas *Marianas* que se nombra *Guan* y corre desde 13. y 5. hasta 13. gr. y 25. mi. Pasada una isletilla que tiene cerca, se ha de meter de loo[68] con bolinas[69] haladas para dar fondo en

---

64   Así, con corchetes, en el original.

65   *Lesnordeste y Leste*, vientos medios entre Este y Oeste-Nordeste, y el que sopla del oriente o Levante-Este, respectivamente. (*Diccionario marítimo español*).]

66   *Nordestear*, «es no ajustarse la aguja de navegar con la línea del norte» (Covarrubias). Sin embargo, preferimos la definición que ofrece el *Diccionario marítimo español* según el cual este verbo significa «Tener la aguja náutica su declinacion ó variacion hacia el nordeste.»

67   Corchetes al igual que en la princeps.

68   *Meter de loo*, término náutico usado para cuando hay que soltar o aflojar las velas, según sea la dirección del viento. Más adelante, en el capítulo 3, Ramírez-Sigüenza hablará de *tenerse de loo* que significa *apretar bien las velas*. También se escribe *Ló*: «*Pil*[otage] y *Man*[iobra]. ant[icuado]. Lo mismo que *orzada*, como acción de orzar. A veces solía usarse como imperativo, para mandar al timonel que orzase; pero entonces se pronunciaba con

la ensenada de *Humata*, que es la inmediata, y, dando de resguardo
un solo tiro de cañón al arrecife que al oeste arroja esta isletilla, en
veinte brazas[70] o en las que se quisiere, porque es bueno y limpio el
fondo, se podrá surgir.[71]

Para buscar desde aquí el embocadero de *S. Bernardino* se ha de ir
al Oeste cuarta al Sudueste, con advertencia de ir haciendo la derrota
como se recogiere la aguja, y en navegando doscientas y noventa y
cinco leguas se dará con el *Cabo del Espíritu Santo* que está en 12. gr.
45. mi., y si se puede buscar por menos altura es mejor, porque si los
vendavales se anticipan y entran por el Sursudueste o por el Sudueste
es aquí sumamente necesario estar a barlovento y al abrigo de la isla
de *Palapa* y del mismo Cabo.[72]

En soplando brisas se navegará por la costa de esta misma isla cosa
de veinte leguas, la proa al Oesnoroeste guiñando[73] al Oeste, porque
aquí se afija la aguja y, pasando por la parte del Leste del islote de *S.
Bernardino*, se va en demanda de la isla de *Capul* que a distancia de
cuatro leguas está al Sudueste. Desde aquí se ha de gobernar al Oeste
seis leguas hasta la isla de *Ticao*, y después de costearla cinco leguas
yendo al Noroeste hasta la cabeza del Norte se virará al Oessudueste

---

f final: v. gr. ¡*lof*! ¡*lof*!* como si se dijera *orza! orza!* [...] ¡*Meter de ló!*: ant|licuado]. Orzar;
y ¡*todo de ló!* Orzar todo ú orzar á la banda.» (*Diccionario marítimo español*). En su edición,
Pérez Blanco confunde el término *loo* con el número *100*, y en una nota al pie de página,
explica, incorrectamente, que se trata de «100 leguas» (81, n. 33).

*   Podría ser una derivación de la forma imperativa del verbo inglés *Luff* que precisamente significa «orzar, barloventear, navegar de bolina» (ver próxima nota); éste es
el caso de la frase *to luff alee* o *round,* es decir, «orzar a la banda» (*Diccionario Inter-
nacional* [bilingüe] *Simon and Schuster*. Nueva York, 1973).

69   *Bolina*, «Man|iobra]. Cabo con que se hala la relinga de barlovento de la vela hácia proa
cuando se ciñe el viento, para que este entre en ella sin hacerla tocar ó flamear. [...].
=Ing|lés]. *Bowline*. (*Diccionario marítimo español*). En la príncipe la palabra que le sigue
aparece escrita sin hache –*aladas*–; por el contexto queda claro que no se trata de tener
alas, sino de que tiene la habilidad de halar; las bolinas deben ser tensadas con fuerza.

70   Braza: «Longitud de seis pies de Burgos que sirve de medida, en todos los usos de la
maniobra y pilotaje, siendo entre estos uno el de averiguar la profundidad del mar.
=Fr|ancés]. *Brasse*. =Ing|lés]. *Fathom*.» (*Diccionario marítimo español*).

71   *Surgir*, «Término náutico, vale tomar puerto o echar áncoras {anclas} en la playa» (Co-
varrubias). «*Pil*|otage] y *Man*|iobra]. *Fondear* [...]. =ant|ticuado. Flotar una embarcación
después de haber estado varada.» (*Diccionario marítimo español*).

72   Para verificar los detalles del viaje de Alonso Ramírez y los sitios geográficos a donde
llegó, recomiendo consultar las notas de Cummins y Soons, quienes, en este sentido, merecen elogio. Lamentablemente, lo mismo no puede decirse sobre su trabajo editorial
como explico en mi introducción y hago constar en mis notas.

73   *Guiñando*, *Guiñar*: «*Pil*|otage] y *Man*|iobra]. Dirigir con el timon la proa del buque, ya
hacia un lado, ya hacia otro alternativa y consecutivamente con cualquier objeto pre-
meditado =Fr|ancés]. *Embarder*. =*Ing|lés]. To yaw*. It|aliano]. *Straorsare*. Verificarse este
mismo movimiento en el buque por efecto de causas mecánicas ó naturales cualesquiera,
ó sin la voluntad del que lo dirige; y es lo mismo que *dar guiñadas*.» (*Diccionario marítimo
español*).

en demanda de la bocaina[74] que hacen las islas de *Burías* y *Masbate*.[75] Habrá de distancia de una a otra casi una legua, y de ellas es la de *Burías* la que cae al Norte; dista[76] esta bocaina de la cabeza de *Ticao* cosa de cuatro leguas.

Pasadas estas angosturas, se ha de gobernar al Oesnoroeste en demanda de la bocaina de las islas de *Marinduque* y *Banton*, de las cuales ésta está al Sur de la otra tres cuartos de legua, y distan de *Burías* diecisiete. De aquí al Noroeste cuarta al Oeste se han de ir a buscar las isletas de *Mindoro*, *Lobo* y *Galván*. Luego por entre las angosturas de *Isla Verde* y *Mindoro* se navegarán al Oeste once o doce leguas hasta {llegar, estar} cerca de la isla de *Ambil*, y las catorce leguas que desde aquí se cuentan a *Marivélez* [que está en 14. gr. 30. mi.] se granjean yendo al Nornoroeste, Norte y Nordeste. Desde *Marivélez* se ha de ir en demanda del puerto de *Cavite* al Nordeste, Lesnordeste y Leste como cinco leguas por dar resguardo a un bajo que está al Lesnordeste de *Marivélez*, con cuatro brazas y media de agua sobre su fondo.[77]

Desengañado en el discurso de mi viaje de que jamás saldría de mi esfera, con sentimiento de que muchos con menores[78] fundamentos perfeccionasen las suyas, despedí cuantas ideas me embarazaron la imaginación por algunos años. Es la abundancia de aquellas islas, y con especialidad la que se goza en la ciudad de *Manila*, en extremo mucha. Hállase allí para el sustento y vestuario cuanto se quiere a moderado precio, debido a la solicitud con que por enriquecer los sangleyes[79] lo comercian en su *parián*,[80] que es el lugar donde fuera de las murallas, con permiso de los españoles, se avecindaron. Esto y lo hermoso y fortalecido de la ciudad, coadyuvado con la amenidad

---

74 *Bocaina*, «*Pil*[otage]. La entrada que por alguno ó algunos parajes tienen las barras de los rios, con fondo suficiente para dar paso á ciertas embarcaciones.» (*Diccionario marítimo español*).

75 Estas dos islas forman entre ellas un embudo o boca (*bocaina*) por donde pueden entrar las naves.

76 *Dista*, se aparta, está distante.

77 En la edición de Cummins y Soons todo lo anterior, sin ninguna explicación, forma parte de un apéndice; de modo que ellos le dan comienzo al Capítulo 2 con «Desengañado en el discurso...» (35).

78 *Menores*, en el original. Sin embargo, Cummins y Soons escriben erróneamente *mayores* y luego ponen una nota en la que explican que Sigüenza debe haber querido decir *menores* (35, n. 44). Posiblemente éste sea uno de los peores y más ridículos errores entre los innumerables que afean la edición de estos dos estudiosos.

79 *Sangley*, mestizo, mezcla de malayo y chino.

80 *Parián*, tipo de mercado chino donde los filipinos acostumbraban a vender, comprar o intercambiar productos y mercancías.

de su río y huertas y lo demás que la hace célebre entre las colonias que tienen los europeos en el Oriente, obliga a pasar gustosos a los que en ella viven. Lo que allí ordinariamente se trajina es de mar en fuera y siendo por eso las navegaciones de unas a otras partes casi continuas, aplicándome al ejercicio de marinero me avecindé en *Cavite*.

Conseguí por este medio no sólo mercadear en cosas en que hallé ganancia y en que me prometía para lo venidero bastante logro, sino el ver diversas ciudades y puertos de la India en diferentes viajes. Estuve en *Madrastapatán*,[81] antiguamente Calamina o Meliapor, donde murió al apóstol *Santo Tomé*, ciudad grande cuando la poseían los portugueses, hoy un monte de ruinas a violencia de los estragos que en ella hicieron los franceses y holandeses por poseerla. Estuve en *Malaca*, llave de toda la India y de sus comercios por el lugar que tiene en el estrecho de *Sincapura*[82] y a cuyo gobernador pagan anclaje cuantos lo navegan. Son dueños de ella y de otras muchas los holandeses, debajo de cuyo yugo gimen los desvalidos católicos que allí han quedado, a quienes no se permite el uso de la religión verdadera, no estorbándoles a los moros y gentiles sus vasallos sus sacrificios.

Estuve en *Batavia*, ciudad celebérrima que poseen los mismos en la *Java Mayor*, y adonde reside el gobernador y capitán general de los Estados de Holanda. Sus murallas, baluartes y fortalezas son admirables. El concurso[83] que allí se ve de navíos de malayos, macasares, sianes, bugises,[84] chinos, armenios, franceses, ingleses, dinamarcos, portugueses y castellanos no tiene número. Hállanse en este emporio cuantos artefactos hay en la Europa y los que en retorno de ellos le envía la Asia. Fabrícanse allí para quien quisiere comprarlas excelentes armas. Pero con decir estar allí compendiado el universo lo digo todo. Estuve también en *Macán*,[85] donde, aunque fortalecida de los portugueses que la poseen, no dejan de estar expuestos a las supercherías de los tártaros [que dominan en la gran China][86] los que la habitan.

Aun más por mi conveniencia que por mi gusto me ocupé en esto, pero no faltaron ocasiones en que por obedecer a quien podía mandármelo hice lo propio, y fue una de ellas la que me causó las fatali-

---

81   *Madrastapatán*, Madras.
82   *Sincapura*, Singapur.
83   *Concurso*, «el ayuntamiento de gentes a un lugar» (Covarrubias).
84   *Malayos, macasares, sianes, bugises*, oriundos de Tailandia y Celebes.
85   *Macán,* Macao.
86   Se mantienen los corchetes del original y así será a lo largo del texto.

dades en que hoy me hallo, y que empezaron así: para provisionarse de bastimentos[87] que en el presidio[88] de *Cavite* ya nos faltaban, por orden del General *D. Gabriel de Cuzalaegui* que gobernaba las islas, se despachó una fragata de una cubierta a la provincia de *Ilocos* para que de ella, como otras veces se hacía, se condujesen. Eran hombres de mar cuantos allí se embarcaron, y de ella y de ellos, que eran veinte y cinco, se me dio el cargo. Sacáronse de los almacenes reales y se me entregaron para que defendiese la embarcación *cuatro chuzos y dos mosquetes*[89] que necesitaban de estar con prevención de tizones para darles fuego por tener quebrados los serpentines.[90] Entregáronme también *dos puños de balas y cinco libras de pólvora.*

Con esta prevención de armas y municiones, y sin artillería, ni aún pedrero alguno aunque tenía portas para seis piezas, me hice a la vela. Pasáronse seis días para llegar a *Ilocos*; ocupáronse en el rescate y carga de los bastimentos como nueve o diez, y estando al quinto del torna-viaje barloventeando[91] con la brisa para tomar la boca de *Marivélez*, para entrar al puerto, como a las cuatro de la tarde se descubrieron por la parte de tierra dos embarcaciones. Y presumiendo no sólo yo sino los que conmigo venían serían las que, a cargo de los capitanes *Juan Bautista* y *Juan de Caravallo*, habían ido a *Pangasinán* y *Panay* en busca de arroz y de otras cosas que se necesitaban en el presidio de *Cavite* y lugares de la comarca, aunque me hallaba a su sotavento[92] proseguí con mis bordos sin recelo alguno porque no había de qué tenerlo.

No dejé de alterarme cuando dentro de breve rato vi venir para mí dos piraguas[93] a todo remo, y fue mi susto en extremo grande, re-conociendo en su cercanía ser de enemigos. Dispuesto a la defensa

---

87   *Bastimento*, «...la provisión necesaria para comer...» (Covarrubias).

88   *Presidio*, «...castillo o fuerza donde hay gente de guarnición» (Covarrubias).

89   *Chuzos, mosquetes*, armas de guerra; la primera se parece a una lanza y la segunda es un tipo de escopeta.

90   *Serpentines*, llevan este nombre porque los movimientos de la mecha cuando se prende en fuego se parecen a los de una serpiente.

91   *barloventear*, «barlaventar la nave es dejarla ir a donde el viento la quiere llevar» (Co-varrubias), pero preferimos esta otra definición más correcta que ofrece el *Diccionario marítimo español*: «*Barloventear.* Pil|otage| y Man|iobra|. Adelantar ó progresar contra la dirección del viento. =Fr|ancés|. *Gagner le* vent. =Ing|lés|. *To get to windward.*»

92   *Sotavento*, «La parte opuesta á la de donde viene el viento con respecto á un punto ó lugar determinado.» (*Diccionario marítimo español*).

93   *Piragua*, «Barco de una pieza al menos en la parte sumergida, mayor y mas alto que la canoa, añadidos los bordes con tablas con cañas, y embetunado; se diferencia de la canoa en que no es chato sino que tiene quilla. Es embarcación propia de los naturales de muchos países de la zona tórrida, y la clase mas notable por su construccion es la usado por los isleños del Océano Pacífico» (*Diccionario marítimo español*).

como mejor pude con mis dos mosquetes y cuatro chuzos, llovían balas de la escopetería de los que en ellas venían sobre nosotros, pero sin abordarnos, y tal vez se respondía con los mosquetes, haciendo uno la puntería y dando otro fuego con una ascua,[94] y en el ínterin partíamos las balas con un cuchillo, para que habiendo munición duplicada para más tiros fuese más durable nuestra ridícula resistencia. Llegar casi inmediatamente sobre nosotros las dos embarcaciones grandes que habíamos visto, y de donde habían salido las piraguas, y arriar las de gavia[95] pidiendo buen cuartel[96], y entrar más de cincuenta ingleses con alfanjes[97] en las manos en mi fragata todo fue uno. Hechos señores de la toldilla, mientras a palos nos retiraron a proa, celebraron con mofa y risa la prevención de armas y municiones que en ella hallaron, y fue mucho mayor cuando supieron el que aquella fragata pertenecía al rey, y que habían sacado de sus almacenes aquellas armas. Eran entonces las seis de la tarde del día martes, cuatro de marzo de mil seiscientos y ochenta y siete.[98]

---

94   *Ascua*, «Carbón o leña o otra cualquiera materia encendida y traspasada del fuego» (Covarrubias).
95   *Las de gavia*, se refiere a las velas del mastelero mayor de su embarcación. Es decir, las velas principales. «*Man*[iobra]. Denominacion general de toda vela que se larga en el mastelero que va sobre el palo principal. =Ing[lés]. *Top-sail.*» (*Diccionario marítimo español*).
96   *Cuartel*: el buen trato que los vencedores ofrecen a los vencidos cuando estos se entregan rindiendo las armas. DRAE
97   *Alfanje*, «cuchilla corva, a modo de hoz, salvo que tiene el corte por la parte convexa» (Covarrubias).
98   En efecto pude corroborar la veracidad de esta fecha.

PÓNENSE EN COMPENDIO LOS ROBOS Y CRUELDADES que hicieron estos piratas en mar y tierra hasta llegar a la América.

§. 3.[99]

SABIENDO ser yo la persona a cuyo cargo venía la embarcación, cambiándome a la mayor de las suyas me recibió el capitán con fingido agrado. Prometiome a las primeras palabras la libertad si le noticiaba cuáles lugares de las islas eran más ricos y si podría hallar en ellos gran resistencia. Repondíle no haber salido de *Cavite* sino para la provincia de *Ilocos* de donde venía, y que así no podía satisfacerle a lo que preguntaba. Instóme si en la isla de *Caponiz*, que a distancia de catorce leguas está Noroeste sueste con *Marivélez*, podría aliñar[100] sus embarcaciones y si había gente que se lo estorbase. Díjele no haber allí población alguna y que sabía de una bahía donde conseguiría fácilmente lo que deseaba. Era mi intento el que, si así lo hiciesen, los cogiesen desprevenidos no sólo los naturales de ella, sino los españoles que asisten de presidio en aquella isla, y los apresasen. Como a las diez de la noche surgieron donde les pareció a propósito, y en estas y otras preguntas que se me hicieron se pasó la noche.

Antes de levarse pasaron a bordo de la capitana mis veinte y cinco hombres. Gobernábala un inglés a quien nombraban Maestre *Bel*. Tenía ochenta hombres, veinte y cuatro piezas de artillería y ocho pedreros, todos de bronce. Era dueño de la segunda el capitán *Donkin*. Tenía setenta hombres, veinte piezas de artillería y ocho pedreros, y en una y otra había sobradísimo número de escopetas, alfanjes, hachas, arpeos, granadas y ollas llenas de varios ingredientes de olor pestífero. Jamás alcancé, por diligencia que hice, el lugar donde se armaron para salir al mar. Sólo sí supe {que} habían pasado al {Mar} del Sur por el Estrecho de *Mayre*,[101] y que imposibilitados de poder robar las costas del *Perú* y *Chile*, que era su intento, porque con ocasión de un tiempo[102] que encontrándoles con notable vehemencia y tesón por el Leste les duró

---

99   Este capítulo y los últimos tres llevan números arábigos.
100 *Aliñar*, componer (Covarrubias); arreglar, reparar (Pérez Blanco); aprovisionar (Alba Valles Formosa).
101 *Maire*, en honor a Jakoc de Maire, el explorador neerlandés que descubrió la ruta en 1615; el estrecho está ubicado entre la Isla de los Estado y Tierra de Fuego, en la punta más al sur de la actual Argentina.
102 *Un tiempo*, una vez, pero aquí se refiere a *mal* tiempo a causa de alguna tormenta.

once días, se apartaron de aquel meridiano más de quinientas leguas y, no siéndoles fácil volver a él, determinaron valerse de lo andado pasando a robar a la India, que era más pingüe.[103] Supe también {que} habían estado en {las} Islas Marianas, y que batallando con tiempos deshechos y muchos mares, montando los Cabos del Engaño y del Boxeador, y habiendo antes apresado algunos juncos y champanes[104] de indios y chinos, llegaron a la boca de *Marivélez* adonde dieron conmigo.

Puestas las proas de sus fragatas [llevaban la mía a remolque)[105] para Caponiz, comenzaron con pistolas y alfanjes en las manos a examinarme de nuevo y aun a atormentarme. Amarráronme a mí y a un compañero mío al árbol mayor, y como no se les respondía a propósito acerca de los parajes donde podían hallar la plata y oro por qué nos preguntaban, echando mano de Francisco de la Cruz, sangley mestizo mi compañero, con cruelísimos tratos de cuerda que le dieron quedó desmayado en el combés[106] y casi sin vida. Metiéronme a mí y a los míos en la bodega, desde donde percibí grandes voces y un trabucazo.[107] Pasado un rato, y habiéndome hecho salir afuera, vi mucha sangre, y mostrándomela dijeron ser de uno de los míos a quien habían muerto, y que lo mismo sería de mí si no respondía a propósito de lo que preguntaban. Díjeles con humildad que hiciesen de mí lo que les pareciese porque no tenía que añadir cosa alguna a mis primeras respuestas. Cuidadoso desde entonces de saber quién era de mis compañeros el que habían muerto, hice diligencias por conseguirlo, y hallando cabal el número me quedé confuso. Supe mucho después {que} era sangre de un perro la que había visto y no pesó del engaño.[108]

No satisfechos de lo que yo había dicho, repreguntando con cariño a mi contramaestre, de quien, por indio, jamás se podía prometer cosa que buena fuese, supieron de él haber población y presidio en la isla

---

103   *Pingüe*, «Aplicado a cosas provechosas... Abundante, cuantioso» (Moliner).

104   *Champán*, «Buque de la China y del Japón; largo, de mucho arrufo, de tres palos con velas de estera fina al tercio; el palo de proa muy inclinado hacia esta parte, la vela mayor muy grande y la mesana chica. [...] Por lo general navega en los ríos y cerca de las costas aunque con tiempos bonacibles solían antes llegar hasta Filipinas.» (*Diccionario marítimo español*).

105   Esta combinación de corchete y paréntesis está en la príncipe.

106   *Combés*, «Espacio que media entre el palo mayor y el de trinquete, en la cubierta de la batería que está debajo del alcázar y castillo; y en los buques de pozo, en la superior. =Fr. *Embelle*. =Ingl[lés]. *Waist*. A segunda cubierta de los navíos de dos puentes. =Ingl[lés]. *Middle-deck*.» (*Diccionario marítimo español*).

107   *Trabucazo*, ruido de *trabuco* «máquina bélica» con la que «arrojaban de una parte a otra unas piedras gruesas, que iban con tanto ímpetu y fuerza como agora en su tanto una pieza de artillería» (Covarrubias).

108   *No pesó del engaño*, no le dio pena saber que la sangre era de un perro; o sea, se alegró de que no fuera de su compañero. Pérez Blanco escribe *pasó* en vez del original *pesó*.

de *Caponiz* que yo había afirmado ser despoblada. Con esta noticia, y mucho más por haber visto, estando ya sobre ella, ir por el largo de la costa dos hombres montados, a que se añadía la mentira de que {yo} nunca había salido de *Cavite* sino para *Ilocos*, y dar razón de la bahía de *Caponiz* en que, aunque lo disimularon, me habían cogido, desenvainados los alfanjes, con muy grandes voces y vituperios dieron en mí. Jamás me recelé de la muerte con mayor susto que en este instante, pero conmutáronla en tantas patadas y pescozones que descargaron en mí que me dejaron incapaz de movimiento por muchos días. Surgieron en parte de donde no podían recelar insulto alguno de los isleños y, dejando en tierra a los indios dueños de un junco de que se habían apoderado el antecedente día al aciago y triste en que me cogieron, hicieron su derrota a Pulicondon, isla poblada de cochinchinas en la costa de *Camboya*, donde tornado puerto cambiaron a sus dos fragatas cuanto en la mía se halló, y le pegaron fuego.

Armadas las piraguas con suficientes hombres, fueron a tierra y hallaron {que} los esperaban los moradores de ella, sin repugnancia. Propusiéronles {que} no querían más que proveerse allí de lo necesario, dándoles lado a sus navíos, y rescatarles también frutos de la tierra por lo que les faltaba. O de miedo o por otros motivos que yo no supe, asintieron a ello los pobres bárbaros. Recibían ropa de la que traían hurtada, y correspondían con brea, grasa y carne salada de tortugas y con otras cosas. Debe de ser la falta que hay de abrigo en aquella isla o el deseo que tienen de lo que en otras partes se hace en extremo mucho, pues les forzaba la desnudez o curiosidad a cometer la más desvergonzada vileza que jamás vi: traían las madres a las hijas, y los mismos maridos a sus mujeres, y se las entregaban con la recomendación de hermosas a los ingleses por el vilísimo precio de una manta o equivalente cosa.

Hízoseles tolerable la estada de cuatro meses en aquel paraje con conveniencia tan fea, pero pareciéndoles {que} no vivían mientras no hurtaban, estando sus navíos para navegar se bastimentaron de cuanto pudieron para salir de allí. Consultaron primero la paga que se les daría a los *pulicondones* por el hospedaje, y remitiéndola al mismo día en que saliesen al mar, acometieron aquella madrugada a los que dormían incautos y pasando a cuchillo aun a las que dejaban en cinta y poniendo fuego en lo más del pueblo, tremolando sus banderas y con grande regocijo vinieron a bordo. No me hallé presente a tan nefanda crueldad, pero con temores de que en algún tiempo pasaría yo por lo mismo, desde la capitana, en que siempre estuve, oí el ruido de la escopetería y vi el incendio.

Si hubieran celebrado esta abominable victoria agotando frasqueras[109] de agua ardiente como siempre usan, poco importara encomendarla al silencio, pero habiendo intervenido en ello lo que yo vi, {¿}cómo pudiera dejar de expresarlo sino es quedándome dolor y escrúpulo de no decirlo{?} Entre los despojos con que vinieron del pueblo, y fueron cuanto por sus mujeres y bastimentos {que} les habían dado, estaba un brazo humano de los que perecieron en el incendio. De éste cortó cada uno una pequeña presa y, alabando el gusto de tan linda carne, entre repetidas saludes[110] le dieron fin. Miraba yo con escándalo y congoja tan bestial acción y, llegándose a mí uno con un pedazo me instó con importunaciones molestas a que lo comiese. A la debida repulsa que yo le hice me dijo que siendo español, y por el consiguiente cobarde, bien podía para igualarlos a ellos en el valor no ser melindroso. No me instó más por responder a un brindis.

Avistaron la costa de la tierra firme de *Camboya* al tercer día y, andando continuamente de un bordo y otro, apresaron un champán lleno de pimienta;[111] hicieron con los que lo llevaban lo que conmigo y, sacándole la plata y cosas de valor que en él se llevaban, sin hacer caso alguno de la pimienta, quitándole timón y velas y abriéndole un rumbo lo dejaron ir al garete para que se perdiese. Echada la gente de este champán en la[112] tierra firme, y pasándose a la isla despoblada de *Puliubi*, en donde se hallan cocos y ñame con abundancia, con la seguridad de que no tenía yo ni los míos por donde huir nos sacaron de las embarcaciones para colchar[113] un cable. Era la materia de que se hizo bejuco[114] verde, y quedamos casi sin uso de las manos por muchos días por acabarlo en pocos.

---

109   *Frasquera*, caja para guardar frascos. Covarrubias escribe *frasqueta*.
110   Pérez Blanco, como en otras ocasiones, dice que «corrige» lo que, en efecto, está en el original. Aquí, en vez de *saludes* que, según él, «aparece recogido por todas las ediciones» lo sustituye por «salvas» (91, n. 83), sustitución que nos resulta lamentable.
111   Puntuación original.
112   *La*, «lo» en la princeps.
113   *Colchar*. «*Man*[iobra]. Unir los cordones de un cabo, torciéndolos unos con otros, =Fr[ancés]. *Commettre*. =Ing[lés]. *To lay, To twist*.» (*Diccionario marítimo español*).
114   *Bejuco*, «*Hist*[oria] *nat*[ural]. Entre las diferentes plantas sarmentosas propias de los paises cálidos que llevan este nombre, merece especial mencion una indígena del Sur de Asia, de la Malesia y de los archipiélagos del Pacífico, que es de tronco cilíndrico y cubierto de

Fueron las presas[115] que en este paraje hicieron de mucha monta, aunque no pasaron de tres: y de ellas pertenecía la una al rey de *Siam* y las otras dos a los portugueses de *Macao* y *Goa*. Iba en la primera un embajador de aquel rey para el gobernador de *Manila*, y llevaba para éste un regalo de preseas[116] de mucha estima y muchos frutos y géneros preciosos de aquella tierra. Era el interés de la segunda mucho mayor porque se reducía a solos tejidos de seda de la China en extremo ricos, y a cantidad de oro en piezas de filigrana que por vía de *Goa* se remitía a *Europa*. Era la tercera del Virrey de *Goa* e iba a cargo de un embajador que enviaba al rey de *Siam* por este motivo.[117]

Consiguió un *genovés* [no sé las circunstancias con que vino allí] no sólo la privanza con aquel rey sino el que lo hiciese su lugarteniente en el principal de sus puertos. Ensoberbecido éste con tanto cargo les cortó las manos a dos caballeros portugueses que allí asistían por leves causas. Noticiado de ello el virrey de *Goa*, enviaba a pedirle satisfacción y aun a solicitar {que} se le entregase el genovés para castigarle. A empeño que parece {que} no cabía en la esfera de lo asequible correspondió el regalo que, para granjearle la voluntad al rey, se le remitía. Vi y toqué con mis manos *una* como *torre o castillo de vara en alto de puro oro sembrada de diamantes* y otras preciosas piedras; y, aunque no de tanto valor, le igualaban en lo curioso muchas alhajas de plata, cantidad de canfora,[118] ámbar y almizcle, sin el resto de lo que para comerciar y vender en aquel reino había en la embarcación.

Desembarazada ésta y las dos primeras de lo que llevaban, les dieron fuego[119] y, dejando así a portugueses como a *sianes* y a ocho de los míos en aquella isla sin gente, tiraron la vuelta de las {islas} *Ciantan*[120] habitadas de malayos, cuya vestimenta no pasa de la cintura y cuyas armas son crises.[121] Rescataron de ellos algunas cabras, cocos

---

un barniz natural, sin ramas, sumamente fuerte, correosa y flexible, del grueso de una pluma hasta el de la muñeca de un hombre, y de cincuenta piés de largo. Además de tener la misma aplicación que los mimbres en Europa, se emplea para construcción de casas y embarcaciones... Es el material con que están hechos los asientos de las sillas llamadas en España de rejilla, y los bastones conocidos por junquillos ó cañas de India. =Fr[ancés]. *Rotin.* Ingl[lés]. *Ratan, Sinnate.*» (*Diccionario marítimo español*).

115   *Presa*, «término militar, lo que se ha robado del campo enemigo» (Covarrubias).
116   *Preseas*, «Joyas y cosas preciadas» (Covarrubias).
117   Dos puntos [:] en el original.
118   *Canfora*, alcanfor.
119   *Les dieron fuego*, esta práctica de quemar los barcos para evitar que los otros huyeran y, de esta manera, obligarlos a quedarse en tierra, está documentada en los clásicos griegos y fue la estrategia usada por Hernán Cortés cuando llegó a las costas de Yucatán en 1521.
120   *Siantan*, conjunto de islas ubicadas cerca de la costa este de Malasia.
121   *Crices* en el original; *cris* un tipo de arma, como cuchillo o puñal, usado comúnmente en las Filipinas.

y aceite de estos para la lantía[122] y otros refrescos. Y dándoles un albazo[123] a los pobres bárbaros, después de matar algunos y de robarlos a todos, en demanda de la isla de *Tamburlan* viraron afuera. Viven en ella macasares,[124] y sentidos los ingleses de no haber hallado allí lo que en otras partes, poniendo fuego a la población en ocasión que dormían sus habitadores, navegaron a la grande isla de *Borneo.*[125] Y por haber barloventeado catorce días su costa occidental sin haber pillaje se acercaron al puerto de *Cicudana* en la misma isla.

Hállanse en el territorio de este lugar muchas preciosas piedras y, en especial, diamantes de rico fondo, y la codicia de rescatarlos y poseerlos no muchos meses antes que allí llegásemos estimuló a los ingleses que en la India viven {que le} pidiesen al rey de *Borneo* [valiéndose para eso del gobernador que en *Cicudana* tenía] {que} les permitiese factoría en aquel paraje. Pusiéronse los piratas a sondar en las piraguas la barra del río, no sólo para entrar en él con las embarcaciones mayores sino para hacerse capaces de aquellos puestos.[126] Interrumpióles[127] este ejercicio un *champán* de los de la tierra en que se venía de parte de quien la gobernaba a reconocerlos. Fue su respuesta ser de nación ingleses y que venían cargados de géneros nobles y exquisitos para contratar y rescatarles diamantes. Como ya antes habían experimentado en los de esta nación amigable trato, y vieron ricas muestras de lo que en los navíos que apresaron en *Puliubi* les pusieron luego a la vista, se les facilitó la licencia para comerciar. Hiciéronle al gobernador un regalo considerable y consiguieron el que por el río subiesen al pueblo (que dista un cuarto de legua de la marina) cuando gustasen.

En tres días que allí estuvimos reconocieron estar indefenso y abierto por todas partes, y proponiendo a los *cicudanes* no poder detenerse por mucho tiempo y que así se recogiesen los diamantes en casa del gobernador, donde se haría la feria, dejándonos aprisionados a bordo y con bastante guarda subiendo al punto de medianoche por

---

122   *Lantía*, «pequeña lámpara» (Irizarry, 157); «aparato para alumbrar la aguja de marear» (Pérez Blanco, 93, n. 95). «*Nav*[al]. El aparato de una ó más luces, que se coloca por debajo, á un lado ó dentro de la bitácora para ver de noche el rumbo que señala la aguja ó á que se dirige la nave. Se usa también en otros sitios y el receptáculo del aceite suele estar montado en suspensión de Cardano.» (*Diccionario marítimo español*).

123   *Albazo*, se deriva de alba; ataque belicoso llevado a cabo en las horas de la madrugada.

124   *Macasares*, corsarios musulmanes.

125   *Borney* en la príncipe.

126   El original presenta dos puntos [:] aquí, al igual que al final de la siguiente oración, después de *reconocerlos.*

127   *Interrumpioles*, en el original; *interrumpiéndoles*, incorrectamente, en la edición de Pérez Blanco.

el río arriba y muy bien armados, dieron de improviso en el pueblo, y fue la casa del gobernador la que primero avanzaron. Saquearon cuantos diamantes y otras piedras ya estaban juntas, y lo propio consiguieron en otras muchas a que pegaron fuego, como también a algunas embarcaciones que allí se hallaron. Oíase a bordo el clamor del pueblo y la escopetería, y fue la mortandad (como blasonaron después][128] muy considerable. Cometida muy a su salvo tan execrable traición, trayendo preso al gobernador y a otros principales se vinieron a bordo con gran presteza, y con la misma se levaron saliendo afuera.

No hubo pillaje que a éste se comparase por lo poco que ocupaba y su excesivo precio. {¿}Quién será el que sepa lo que importaba? Vi[129] al capitan *Bel* tener a granel *llena la copa de su sombrero de solos diamantes*. Aportamos[130] a la isla de *Baturiñan* dentro de seis días, y dejándola por inútil, se dio fondo en la de *Pulitiman*, donde hicieron aguada y tomaron leña. Y poniendo en tierra (después de muy maltratados y muertos de hambre) al gobernador y principales de *Cicudana*, viraron para la costa de *Bengala* por ser más cursada de embarcaciones, y en pocos días apresaron dos bien grandes de moros negros, cargadas de rasos, elefantes, gasas y sarampures,[131] y habiéndolas desvalijado de lo más precioso les dieron fuego, quitándoles entonces la vida a muchos de aquellos moros a sangre fría y dándoles a los {que} quedaron las pequeñas lanchas que ellos mismos traían para que se fuesen.

Hasta este tiempo no habían encontrado con navío alguno que se les pudiera oponer, y en este paraje, o por casualidad de la contingencia o porque ya se tendría noticia de tan famosos ladrones en algunas partes de donde creo había salido gente para castigarlos, se descubrieron cuatro navíos de guerra bien artillados y todos de holandeses, a lo que parecía. Estaban éstos a sotavento, y teniéndose de loo[132] los piratas cuanto les fue posible, ayudados de la obscuridad de la noche, mudaron rumbo hasta dar en *Pulilaor* y se rehicieron de bastimentos y de agua; pero no teniéndose ya por seguros en parte alguna y temerosos de perder las inestimables riquezas con que se hallaban, determinaron dejar aquel archipiélago.

---

128 Combinación de paréntesis y corchete, tal como aparece en la princeps.
129 *Vídele* en el original.
130 *Aportamos*, llegamos a puerto.
131 *Sarampure*, «tela, especie de zaraza (tela fina de algodón que se traía de Asia…)» (Irizarry, 160); es posible que se llamen así por proceder de Sarampur, India.
132 *Teniéndose de loo* (*ló*), apretando bien las velas para enfrentarse al viento (ver nota 68 p.13).

Dudando si desembocarían por el Estrecho de *Sunda* o de *Singapur*, eligieron éste por más cercano, aunque más prolijo y dificultoso, desechando el otro, aunque más breve y limpio, por más distante, o, lo más cierto, por más frecuentado de los muchos navíos que van y vienen de la Nueva *Batavia*, como arriba dije. Fiándose pues en un práctico de aquel estrecho, que iba con ellos, ayudándoles la brisa y corrientes, cuanto no es decible con banderas holandesas, y bien prevenidas las armas para cualquier acaso, esperando una noche que fuese lóbrega, se entraron por él con desesperada resolución y lo corrieron casi hasta el fin sin encontrar sino una sola embarcación al segundo día. Era ésta una fragata de treinta y tres codos de quilla, cargada de arroz y de una fruta que llaman *bonga*, y al mismo tiempo de acometerla (por no perder la costumbre de robar aun cuando huían), dejándola sola los que la llevaban, y eran *malayos*,[133] se echaron al mar y de allí salieron a tierra para salvar las vidas.

Alegres de haber hallado embarcación en que poder aliviarse de la mucha carga con que se hallaban, pasaron a ella de cada uno de sus navíos siete personas con todas armas y diez piezas de artillería con sus peltrechos.[134] Y prosiguiendo con su viaje, como a las cinco de la tarde de este mismo día, desembocaron. En esta ocasión se desaparecieron cinco de los míos, y presumo que, valiéndose de la cercanía a la tierra, lograron la libertad con echarse a nado. A los veinte y cinco días de navegación avistamos una isla (no sé su nombre][135] de que por habitada de portugueses, según decían o presumían, nos[136] apartamos y desde allí se tiró la vuelta de la Nueva Holanda, tierra aún no bastantemente descubierta de los *europeos*, y poseída a lo que parece de gentes bárbaras, y al fin de más de tres meses dimos con ella.

Desembarcados en la costa los que se enviaron a tierra con las[137] piraguas, hallaron rastros antiguos de haber estado gente en aquel

---

133 Cummins y Soons, y Pérez Blanco cambian el original: los primeros, (dados a usar las rayas, como dije en mi introducción) sustituyen las comas con éstas: –y eran malayos– (44); mientras que el segundo lo hace con paréntesis: (y eran malayos) (96). Ninguno pone *malayos* en cursivas.

134 *Peltrechos*, en realidad, *pertrechos*, de *pertrechar*: «Reparar y reforzar, o muros o otra cosa, de *per* y *tractus*, porque a trechos se va reparando. **Pertrechos**, las cosas que son necesarias para reparar y pertrechar» (Covarrubias). El escribir la palabra con *l* en vez de *r* es buen ejemplo de la confusión entre ambas consonantes tan común en el Caribe, particularmente en Puerto Rico.

135 Combinación de paréntesis y corchete en la princeps.

136 *Nos*, pero en el original claramente se lee *dos*.

137 *Las*, en la princeps *los*.

paraje. Pero siendo allí los vientos contrarios y vehementes, y el sur-
gidero malo, solicitando lugar más cómodo, se consiguió en una isla
de tierra llana,[138] y hallando no sólo resguardo y abrigo a las embarcaciones, sino un arroyo de agua dulce, mucha tortuga y ninguna
gente, se determinaron dar allí carena[139] para volverse a sus casas.
Ocupáronse ellos en hacer esto y yo y los míos en remendarles las velas
y en hacer carne. A cosa de cuatro meses o poco más estábamos ya
para salir a viaje, y poniendo las proas a la isla de *Madagascar*, o de San
Lorenzo, con Lestes a popa llegamos a ella en veinte y ocho días. Res-
catáronse de los negros que la habitan muchas gallinas, cabras y vacas,
y noticiados de que un navío inglés mercantil estaba para entrar en
aquel puerto a contratar con los negros, determinaron esperarlo y así
lo hicieron.

No era esto como yo infería de sus acciones y pláticas sino por ver
si lograban el apresarlo, pero reconociendo cuando llegó a surgir que
venía muy bien artillado y con bastante gente, hubo de la una a la otra
parte repetidas salvas y amistad recíproca. Diéronles los mercaderes
a los piratas agua ardiente y vino, y retornáronles éstos de lo que traían
hurtado con abundancia. Ya que no por fuerza (que era imposible)[140]
no omitía diligencia el capitán *Bel* para hacerse dueño de aquel navío
como pudiese. Pero lo que tenía éste de ladrón y de codicioso tenía el
capitán de los mercaderes de vigilante y sagaz, y así, sin pasar jamás
a bordo nuestro (aunque con grande instancia, y con convites que le
hicieron y que él no admitía, lo procuraban), procedió en sus acciones
con gran recato. No fue menor el que pusieron *Bel* y *Donkin* para que
no supiesen los mercaderes el ejercicio en que andaban, y para conseguirlo con más seguro nos mandaron a mí y a los míos, de quien
únicamente se recelaban,[141] el que pena de la vida no hablásemos con
ellos palabra alguna, y que dijésemos {que} éramos marineros volun-
tarios suyos, y que nos pagaban. Contravinieron a este mandato dos
de mis compañeros hablándole a un portugués que venía con ellos, y
mostrándose piadosos en no quitarles la vida, luego al instante, los
condenaron a recibir cuatro azotes de cada uno. Por ser ellos ciento y

---

138   Dos puntos | **:** | en el original.
139   *Dar allí carena*, echar el ancla, anclar. «*Dar carena*: lo mismo que *carenar*, aunque algunas
      veces se usa también de esta frase por la de *dar de quilla*. |…|. Carenar. *Nav*|al|. Com-
      poner, recorrer y calafatear un buque, renovando todo lo que esté podrido ó inser-
      vible…» (*Diccionario marítimo español*).
140   Cummins y Soons ponen –rayas– en vez de los paréntesis originales.
141   Cummins y Soons insisten en las –rayas– en vez de las comas del original.

cincuenta llegaron los azotes a novecientos, y fue tal el rebenque[142] y tan violento el impulso con que los daban que amanecieron muertos los pobres al siguiente día.

Trataron de dejarme a mí y a los pocos compañeros que habían quedado en aquella[143] isla, pero considerando la barbaridad de los negros moros que allí vivían, hincado de rodillas y besándoles los pies con gran rendimiento, después de reconvenirles con lo mucho que les había servido y ofreciéndome a asistirles en su viaje como si fuese esclavo, conseguí el que me llevasen consigo. Propusiéronme entonces, como ya otras veces me lo habían dicho, el que jurase de acompañarlos siempre, y me darían armas. Agradecíles la merced, y haciendo refleja a las obligaciones con que nací les respondí con afectada humildad el que más me acomodaba a servirlos a ellos que a pelear con otros, por ser grande el temor que les tenía a las balas. Tratándome de español cobarde y gallina, y por eso indigno de estar en su compañía, que me honrara y valiera mucho, no me instaron más.

Despedidos de los mercaderes y bien provisionados de bastimentos salieron en demanda del *Cabo de Buena Esperanza* en la costa de África, y después de dos meses de navegación, estando primero cinco días barloventeándolo, lo montaron. Desde allí por espacio de mes y medio se costeó un muy extendido pedazo de tierra firme hasta llegar a una *Isla* que nombran *de piedras*, de donde después de tomar agua y proveerse de leña, con las proas al oeste y con brisas largas, dimos en la costa del *Brasil* en veinte y cinco días. En el tiempo de dos semanas en que fuimos al luengo de la costa y sus vueltas, disminuyendo altura, en dos ocasiones echaron seis hombres a tierra en una canoa y, habiendo hablado con no sé qué portugueses y comprádoles algún refresco, se pasó adelante hasta llegar finalmente a un río dilatadísimo, sobre cuya boca surgieron en cinco brazas, y presumo fue el de las *Amazonas*, si no me engaño.

---

142 *Rebenque*, «el azote con que el cómitre castiga a los remeros» (Covarrubias). En cuanto al cálculo matemático, tanto estudiosos como editores creen que Sigüenza cometió un error: Cummins y Soons ponen en duda la pericia matemática del autor (*Sigüenza's tenure of a Chair of Mathematics notwithstanding* [81, n. 129]), mientras que el mismo error le sirve a Irizarry para defender la autoría de Ramírez: «Sería lógico que Alonso Ramírez prestara menos atención a la exactitud de números y fechas que el matemático y cosmógrafo Sigüenza. Si éste no lo corrigió, creo que fue porque no elaboró mucho la narración de Alonso Ramírez que hizo por encargo cuando estaba enfermo y tenía entre manos trabajos más serios» (36). Pero podríamos también pensar en otras razones: que los cómitres, ya demasiado cansados, decidieron dejar de castigarlos o que al ver la gravedad en que estaban los marineros, los cómitres se compadecieron de ellos y dejaron de azotarlos. Lo cierto es que los azotados no aguantaron tan brutal flagelación y murieron.

143 Como si el original solamente dijera *aque*, lo cual no es cierto, Cummins y Soons usan corchetes para terminar la palabra: «aque[lla]» (46).

DANLE LIBERTAD LOS PIRATAS, y trae a la memoria lo que toleró en su prisión.

§. IV.

Debo advertir, antes de expresar lo que toleré y sufrí de trabajos y penalidades en tantos años, el que sólo en el condestable[144] *Nicpat* y en *Dick*, cuartamaestre[145] del capitán *Bel* hallé alguna conmiseración y consuelo en mis continuas fatigas, así socorriéndome sin que sus compañeros lo viesen en casi extremas necesidades, como en buenas palabras con que me exhortaban a la paciencia. Persuádome a que era el condestable católico, sin duda alguna. Juntáronse a consejo en este paraje y no se trató otra cosa sino qué se haría de mí y de siete compañeros míos que habían quedado. Votaron unos, y fueron los más, que nos degollasen; y otros, no tan crueles, que nos dejasen en tierra. A unos y otros se opusieron el condestable *Nicpat*, el cuartamaestre *Dick* y el capitán *Donkin* con los de su séquito, afeando acción tan indigna de la generosidad inglesa.

Bástanos (decía éste) haber degenerado de quienes somos, robando lo mejor del Oriente con circunstancias tan impías. Por ventura no están clamando al cielo tantos inocentes a quienes les llevamos lo que a costa de sudores poseían, a quienes les quitamos la vida.[146] {¿}Qué es lo que hizo este pobre español ahora para que la pierda? Habernos

---

144 *Condestable*, término militar. «Nombre que en las antiguas y extinguidas brigadas de artillería de marina se daba á las dos clases conocidas de sargento primero y segundo; uno de los cuales, según el porte del buque, llevaba el cargo de la artillería y sus pertrechos y municiones... Oficial de cargo procedente del cuerpo de Condestables, responsable de la artillería, sus pertrechos y municiones y en general de todas las armas y artificios de fuego, de que un buque de guerra se provee en el arsenal. En lo antiguo el condestable era uno de los marineros que se habían aplicado al conocimiento y manejo de la artillería. =Fr[ancés]. *Maitre connonier.* =Ingl[lés]. *Gunner.* =It[aliano]. *Maestro connoniere.*» (*Diccionario marítimo español*).

145 *Quartamestre* en el original. Este término no aparece en el *Diccionario marítimo*, pero parece provenir del inglés, *quartermaster*, para referirse a un cargo militar. Según Cummins y Soons es posible que se trate de una confusión con el rango de primer oficial, *contramaestre* (82, n. 132), en cuyo caso se refiere al «[h]ombre de mar experto, examinado en su profesión y caracterizado en un rango superior á todas las clases de marinería, sobre la cual tiene una autoridad equivalente á la del sargento en la tropa...» (*Diccionario marítimo español*). Más adelante en el mismo diccionario se habla de «tres clases de contramaestre, que se denominan primeros, segundos y terceros, subordinados los últimos á los primeros...», pero sin mencionar nunca un cuarto rango.

146 Cummins y Soons convierten esta oración aseverativa en pregunta. La que le sigue sí es pregunta en el original.

servido como un esclavo en agradecimiento de lo que con él se ha hecho desde que lo cogimos. Dejarlo en este río, donde juzgo no hay otra cosa sino indios bárbaros, es ingratitud. Degollarlo, como otros decís, es más que impiedad, y porque no dé voces que se oigan por todo el mundo su inocente sangre, yo soy, y los míos, quien los patrocina. Llegó a tanto la controversia, que estando ya para tomar las armas para decidirla, se convinieron en que me diesen la fragata que apresaron en el Estrecho de Singapur y con ella la libertad, para que dispusiese de mí y de mis compañeros como mejor me estuviese. Presuponiendo el que a todo ello me hallé presente, póngase en mi lugar quien aquí llegare y discurra de qué tamaño sería el susto y la congoja con que yo estuve.

Desembarazada la fragata que me daban de cuanto había en ella, y cambiado a las suyas, me obligaron a que agradeciese a cada uno separadamente la libertad y piedad que conmigo usaban, y así lo hice. Diéronme un astrolabio y agujón, un derrotero holandés, una sola tinaja de agua y dos tercios de arroz, pero al abrazarme el condestable para despedirse me avisó cómo me había dejado, a excusas[147] de sus compañeros, alguna sal y tasajos,[148] cuatro barriles de pólvora, muchas balas de artillería, una caja de medicinas y otras diversas cosas. Intimáronme (haciendo testigos de que lo oía) el que si otra vez me cogían en aquella costa, sin que otro que Dios lo remediase, me matarían y que, para excusarlo,[149] gobernase siempre entre el Oeste y Noroeste, donde hallaría españoles que me amparasen. Y haciendo que me levase, dándome el buen viaje, o por mejor decir, mofándome y escarneciéndome, me dejaron ir.

Alabo a cuantos aun con riesgo de la vida solicitan la libertad, por ser sola ella la que merece aun entre animales brutos la estimación. Sacónos[150] a mí y a mis compañeros tan no esperada dicha copiosas lágrimas, y juzgo {que} corrían gustosas por nuestros rostros por lo que antes las habíamos tenido reprimidas y ocultas en nuestras penas. Con un regocijo nunca esperado suele de ordinario embarazarse el discurso, y pareciéndonos sueño lo que pasaba se necesitó de mucha reflexión[151] para creernos libres. Fue nuestra acción primera levantar las

---

147   *A excusas*, a instancias, con insistencia. Pudiera también ser: «a expensas» (Valles Formosa), «con disimulo» (Perez Blanco) «o cautela» (Irizarry), pero no aceptamos la traducción *in spite of* («a pesar de») de Cummins y Soons.

148   *Tasajo*, «Carne salada y seca… [que] se parte en piezas para que le entre mejor la sal» (Covarrubias).

149   *Excusarlo*, evitarlo, impedirlo, como bien señala Pérez Blanco.

150   *Sacónos*, acentuado en el original.

151   *Refleja* en el original.

voces al cielo engrandeciendo a la divina misericordia como mejor pudimos, y con inmediación dimos las gracias a la que en el mar de tantas borrascas fue nuestra estrella. Creo {que} hubiera sido imposible mi libertad si continuamente no hubiera ocupado la memoria y afectos en MARÍA[152] Santísima de Guadalupe de México, de quien siempre protesto[153] {que} viviré esclavo por lo que le debo. He traído siempre conmigo un retrato suyo, y temiendo no lo profanaran los herejes piratas cuando me apresaron, supuesto que entonces quitándonos los rosarios de los cuellos, y reprehendiéndonos como a impíos y supersticiosos los arrojaron a el mar, como mejor pude se lo quité de la vista y la vez primera que subí al tope lo escondí allí.

Los nombres de los que consiguieron conmigo la libertad y habían quedado de los veinte y cinco (porque de ellos en la isla despoblada de *Puliubi* dejaron ocho, cinco se huyeron en *Singapur*, dos murieron de los azotes en *Madagascar* y otros tres tuvieron la misma suerte en diferentes parajes) son *Juan de Casas*, español natural de la Puebla de los Ángeles en Nueva España; *Juan Pinto* y *Marcos de la Cruz*, indios, pangasinán aquél y éste pampango; *Francisco de la Cruz* y *Antonio González*, sangleyes; *Juan Díaz*, malabar y *Pedro,* negro de Mozambique, esclavo mío. A las lágrimas de regocijo por la libertad conseguida se siguieron las que bien pudieran ser de sangre, por los trabajos pasados, los cuales nos representó luego al instante la memoria en este compendio.

A las amenazas con que estando sobre la isla de *Caponiz* nos tomaron la confesión para saber qué navíos y con qué armas estaban para salir de Manila, y cuáles lugares eran más ricos, añadieron dejarnos casi quebrados los dedos de las manos con las llaves de las escopetas y carabinas; y sin atender a la sangre que lo manchaba nos hicieron hacer ovillos del algodón que venía en greña para coser velas. Continuóse[154] este ejercicio siempre que fue necesario en todo el viaje, siendo distribución de todos los días, sin dispensa alguna, baldear[155] y barrer por dentro y fuera las embarcaciones. Era también común a todos nosotros limpiar los alfanjes, cañones y llaves de carabinas con tiestos de loza de China, molidos cada tercero día, hacer meollar,[156]

---

152   Así, en mayúsculas, en la prínceps.
153   *Protesto*, prometo.
154   Acentuado en el original.
155   *Baldear*, limpiar echando baldes de agua.
156   *Meollar*: «*Man*[iobra]. Especie de torcido ó hilo grueso que se forma de dos, tres ó más filásticas, y sirve para forrar toda clase de cabos, para hacer cajeta, rizos y mogeles, dar barbetas y ligadas, etc. =Fr[ancés]. *Bitord.*= Ing[lés]. *Yarn, Spun yarn.* =It[aliano]. *Commando.*» (*Diccionario marítimo español*).

colchar cables, saulas[157] y contrabrazas,[158] hacer también cajetas,[159] envergues[160] y mojeles.[161] Añadíase a esto ir al timón y pilar el arroz que de continuo comían, habiendo precedido el remojarlo para hacerlo harina. Y hubo ocasión en que a cada uno se nos dieron once costales de a dos arrobas por tarea de un solo día, con pena de azotes (que muchas veces toleramos) si se faltaba a ello.

Jamás en las turbonadas que en tan prolija navegación experimentábamos aferraron velas. Nosotros éramos los que lo hacíamos, siendo el galardón ordinario de tanto riesgo crueles azotes, o por no ejecutarlo con toda priesa o porque las velas, como en semejantes frangentes sucede, solían romperse. El sustento que se nos daba, para que no nos faltasen las fuerzas en tan continuo trabajo, se reducía a una ganta (que viene a ser un almud) de arroz que se sancochaba como se

---

157   *Saulas,* Cummins y Soons creen que viene del portugués y que es una especie de red de pescar. «Según unos, es un cabito de igual construcción que el *vaivén,** ó de tres cordones de á tres hilos, que se hace a mano con *meollar,* y se llama también *sardineta;* según otros, es voz catalana y equivalente á *piola;* pero otros dicen que es una especie de *sardineta* que se forma de tres filásticas bien torcidas. En su uso ó aplicación, según los primeros, es igual a *vaivén;* y otros dicen que sirve para drizas de banderas.» (*Diccionario marítimo español*). Hoy día se escribe «ságula», nombre que se le da a un sayo o cualquier prenda de vestir.
      *   Vaivén, «*Man|iobra|.* Cabito de tres cordones, compuesto cada uno a veces de dos y a veces de tres hilos y sirve para ligaduras... =Fr|ancés|. *Quaratainier.* Ing|lés|. *Ratling line.* = It|aliano|. *Sagola.*» (*Diccionario marítimo español*).

158   *Contrabrasas,* en el original, lo cual hace que Pérez Blanco crea que se trata de seseo, idea que menciona en varias ocasiones en sus notas; este editor parece olvidarse de que la ortografía de aquellos años todavía no estaba fijada. «Contrabraza. *Man|iobra|.* Segunda braza que se da en ayuda de la primera. =Fr|ancés|. *Faux-bras.* =Ing|lés|. *Preventer brace.*» (*Diccionario marítimo español*). Cabos que actúan como brazas pero en sentido inverso, es decir afirmados hacia proa, de ahí su denominación de *contra*-brazas. *Brazas*: «*Pil|otage|* y *Man|iobra|.* Nombre de dos cabos de proporcionado grueso, que hechos firme cada uno en un penol de una verga de cruz ó pasando por un motón encapillado en este sitio y dirigidos después por parajes convenientes, sirven para dar á la verga un movimiento horizontal, haciéndola girar sobre la cruz hacia popa ó proa, según sea preciso = Fr|ancés|. =Ing|lés|. *Brace.*» (Ibíd.)

159   *Cajeta*: «Especie de trenza, en la cual las filásticas ó meollares de que está hecha, concurren oblicuamente á una línea longitudinal y céntrica, sin que á la vista se crucen. La de filástica sirve para rizos, tomadores, estrobos de remos, etc., y la de meollar para badernas, badernones, etc.» *Baderna*: «*Man|iobra|.* Pedazo de una ó dos varas de largo, de la especie de trenzado que se llama *cajeta.* Sirve pata sujetar el cable al virador siempre que se vira el cabrestante; para apagar una vela, trincar la caña del timón, etc. Cuando se aplica al cable se dice también *mogel.* =Fr|ancés|. *Baderne, Garcette.* =Ing|lés|. *Nipper.* (*Diccionario marítimo español*).

160   *Envergues* en el original; Pérez Blanco transcribe *embregues.* «Envergue. *Man|iobra|.* Cabo delgado, que hecho firme á los ollaos que hay en las inmediaciones de la relinga del gratil de una vela, sirve para envergarla. Ciertas velas tienen también envergues en la relinga de caída de proa. = Fr|ancés|. *Roban.* = Ing|lés|. *Rope-band.* It|aliano|. *Mattafione.*» (*Diccionario marítimo español*).

161   *Mojeles,* «*Man|iobra|.* Cajetas hechas de meollar, del largo de braza y media, las cuales van hacia los chicotes en disminución y sirven para dar vueltas al cable y al virador cuando se leva el ancla. Esto se entiende cuando no son cables de cadena.» (*Diccionario marítimo español*).

podía, valiéndonos de agua de la mar en vez de la sal, que les sobraba y que jamás nos dieron; menos de un cuartillo de agua se repartía a cada uno para cada día. Carne, vino, agua ardiente, bonga ni otra alguna de las muchas miniestras[162] que traían llegó a nuestras bocas, y teniendo cocos en grande copia, nos arrojaban sólo las cáscaras para hacer bonote, que es limpiarlas y dejarlas como estopa para calafatear,[163] y cuando por estar surgidos los tenían frescos les bebían el agua y los arrojaban al mar.

Diéronnos en el último año de nuestra prisión el cargo de la cocina, y no sólo contaban los pedazos de carne que nos entregaban sino que también los medían para que nada comiésemos. ¡Notable crueldad y miseria es ésta![164] pero no tiene comparación a la que se sigue: ocupáronnos también en hacerles calzado de lona y en coserles camisas y calzoncillos, y para ello se nos daban contadas y medidas las hebras de hilo, y si por echar tal vez menudos los pespuntes como querían faltaba alguna, correspondían a cada una que se añadía veinte y cinco azotes. Tuve yo otro trabajo de que se privilegiaron mis compañeros, y fue haberme obligado a ser barbero, y en este ejercicio me ocupaban todos los sábados sin descansar ni un breve rato, siguiéndosele a cada descuido de la navaja, y de ordinario eran muchos por no saber científicamente su manejo, bofetadas crueles y muchos palos. Todo cuanto aquí se ha dicho sucedía a bordo porque sólo en *Puliubi* y en la isla despoblada de la Nueva Holanda, para hacer agua y leña y para colchar un cable de bejuco, nos desembarcaron.

Si quisiera especificar particulares sucesos me dilataría[165] mucho, y con individuar uno u otro se discurrirán[166] los que callo. Era para nosotros el día del lunes el más temido porque, haciendo un círculo de bejuco en torno de la mesana, y amarrándonos a él las manos siniestras, nos ponían en las derechas unos rebenques, y habiéndonos desnudado nos obligaban con puñales y pistolas a los pechos a que

---

162 *Miniestras, menestras*, «vocablo italiano introducido en España; si|g|nifica un guisado que ni es sólido como lo asado, ni líquido, como el potaje» (Covarrubias).

163 *Calafatear*, «Rellenar de estopa las juntas de las tablas de fondos, costados y cubiertas, á fuerza de mazo y con los demás instrumentos á propósito, y ponerles después una capa de brea para que no entre el agua por ellas. = Fr|ancés|. *Calfater*. = Ing|lés|. *To caulk*.» (*Diccionario marítimo español*).

164 El original sólo tiene el signo de exclamación al final.

165 Imperfecto del subjuntivo –*dilatara*– en la princeps.

166 Tanto Cummins y Soons como Pérez Blanco cambian el tiempo verbal, del futuro en el original, al condicional, quitándole certeza al mensaje: que sin entrar en los detalles que él calla, los lectores los *discurrirán*, o sea, sabremos leer entre líneas. Como si dijera, «al buen entendedor, pocas palabras bastan.»

unos a otros nos azotásemos. Era igual la vergüenza y el dolor que en ello teníamos al regocijo y aplauso con que lo festejaban.

No pudiendo asistir mi compañero *Juan de Casas* a la distribución del continuo trabajo que nos rendía, atribuyéndolo el capitán *Bel* a la que llamaba flojera, dijo que él lo curaría y por modo fácil [perdóneme la decencia y el respeto que se debe a quien esto lee que lo refiera][167] redújose éste a hacerle beber desleídos en agua los excrementos del mismo capitán, teniéndole puesto un cuchillo al cuello para acelerarle la muerte si lo repugnase, y como a tan no oída medicina se siguiesen grandes vómitos que le causó el asco, y con que accidentalmente recuperó la salud, desde luego nos la recetó con aplauso de todos para cuando por nuestras desdichas adoleciésemos.

Sufría yo todas estas cosas porque, por el amor que tenía a mi vida, no podía más, y advirtiendo {que} había días enteros que los pasaban borrachos, sentía no tener bastantes compañeros de quien valerme para matarlos y alzándome con la fragata, irme a Manila; pero también puede ser que no me fiara de ellos aunque los tuviera, por no haber otro español entre ellos sino *Juan de Casas*. Un día que más que otro me embarazaba las acciones este pensamiento, llegándose a mí uno de los ingleses que se llamaba *Cornelio* y gastando larga prosa para encargarme el secreto, me propuso si tendría valor para ayudarle con los míos a sublevarse. Respondile con gran recato, pero asegurándome {de que} tenía ya convencidos a algunos de los suyos (cuyos nombres dijo) para lo propio, consiguió de mí el que no le faltaría llegado el caso, pero pactando primero lo que para mi seguridad[168] me pareció convenir.

No fue esta[169] tentativa de Cornelio sino realidad y, de hecho, había algunos que se lo aplaudiesen, pero, por motivos que yo no supe, desistió de ello. Persuádome a que él fue sin duda quien dio noticia al capitán *Bel* de que yo y los míos lo querían matar, porque comenzaron a vivir de allí adelante con más vigilancia, abocando[170] dos piezas car-

---

167   Esta frase aparece entre corchetes en el original. Sin embargo, Cummins y Soons cambian la puntuación y alteran el sentido de la oración al eliminar los corchetes originales y agregar otros: «...por modo fácil. **Perdóneme la decencia y el respeto que se debe a quien esto lee que lo refiera, [pero]** redújose...» (50). Las negritas son mías.

168   *Seguro* en el original.

169   Cummins y Soons, Pérez Blanco, Irizarry –y no dudo que otros más– escogieron el pronombre posesivo en vez del adjetivo; en sus respectivas ediciones se lee *ésta tentativa*.

170   *Abocando*, se refiere a que pusieron las «bocas» de los cañones apuntando hacia Alonso Ramírez y sus compañeros

gadas de munición hacia la proa donde siempre estábamos, y procediendo en todo con gran cautela. No dejó de darme toda esta prevención de cosas grande cuidado y, preguntándole al condestable *Nicpat*, mi patrocinador, lo que lo causaba, no me respondió otra cosa sino que mirásemos yo y los míos cómo dormíamos. Maldiciendo yo entonces la hora en que me habló *Cornelio* me previne como mejor pude para la muerte. A la noche de este día, amarrándome fuertemente contra la mesana, comenzaron a atormentarme para que confesase lo que acerca de querer alzarme con el navío tenía dispuesto. Negué con la mayor constancia que pude y creo que a persuasiones del condestable me dejaron solo. Llegóse éste entonces a mí, y asegurándome el que de ninguna manera peligraría si me fiase de él, después de referirle enteramente lo que me había pasado, desamarrándome me llevó al camarote del capitán.

Hincado de rodillas en su presencia dije lo que *Cornelio* me había propuesto. Espantado el capitán *Bel* con esta noticia, haciendo primero el que en ella me ratificase con juramento, con amenaza de castigarme por no haberle dado cuenta de ello inmediatamente, me hizo cargo de traidor y de sedicioso. Yo con ruegos y lágrimas, y el condestable *Nicpat* con reverencias y súplicas, conseguimos que me absolviese, pero fue imponiéndome con pena de la vida que guardase secreto. No pasaron muchos días sin que de *Cornelio* y sus secuaces echasen mano, y fueron tales los azotes con que los castigaron que yo aseguro el que jamás se olviden de ellos mientras vivieren. Y con la misma pena y otras mayores se les mandó el que ni conmigo ni con los míos se entrometiesen. Prueba de la bondad de los azotes sea el que uno de los pacientes que se llamaba *Enrique* recogió cuanto en plata, oro y diamantes le había cabido, y quizás receloso de otro castigo se quedó en la isla de San Lorenzo sin que valiesen cuantas diligencias hizo el capitán *Bel* para recobrarlo.

Ilación[171] es, y necesaria, de cuanto aquí se ha dicho poder competir estos piratas en crueldad y abominaciones a cuantos en la primera plana de este ejercicio tienen sus nombres, pero creo el que no hubieran sido tan malos como para nosotros lo fueron si no estuviera con ellos un ESPAÑOL, que se preciaba de SEVILLANO y se llamaba

---

171 *Ilación*, conectar, concluir. «Relación entre ideas que se deducen una de otra o que están de acuerdo» (Moliner). En lo que parece ser un acto de ultracorrección, Pérez Blanco escribe *hilación*, ortografía incorrecta; es posible que él se haya confundido con *hilvanar* o *hilar*, que sí llevan *h*.

MIGUEL.[172] No hubo trabajo intolerable en que nos pusiesen, no hubo ocasión alguna en que nos maltratasen, no hubo hambre que padeciésemos ni riesgo de la vida en que peligrásemos que no viniese por su mano y su dirección, haciendo gala de mostrarse impío y abandonando lo católico en que nació, por vivir pirata y morir hereje. Acompañaba a los ingleses, y era esto para mí y para los míos lo más sensible cuando se ponían de fiesta, que eran las Pascuas de Navidad y los domingos del año, leyendo o rezando lo que ellos en sus propios libros. Alúmbrele Dios el entendimiento para que enmendando su vida consiga el perdón de sus iniquidades.

---

172   Todo lo que está en mayúsculas aparece así en el texto original.

NAVEGA ALONSO RAMÍREZ Y SUS COMPAÑEROS sin saber dónde estaban, ni la parte a que iban; dícense los trabajos y sustos que padecieron hasta varar en tierra.

§. 5.

Basta de estos trabajos, que aun para leídos son muchos, por pasar a otros de diversa especie. No sabía yo, ni mis compañeros, el paraje en que nos hallábamos ni el término que tendría nuestro viaje, porque ni entendía[173] el derrotero holandés ni teníamos carta que entre tantas confusiones nos sirviera de algo, y para todos era aquella la vez primera que allí nos veíamos.[174] En estas dudas, haciendo refleja a la sentencia que nos habían dado de muerte si segunda vez nos aprisionaban, cogiendo la vuelta del oeste, me hice a la mar. A los seis días, sin haber mudado la derrota, avistamos tierra que parecía firme por lo tendido y alta, y poniendo la proa al Oesnoroeste me hallé el día siguiente a la madrugada sobre tres islas de poco ámbito.[175] Acompañado de *Juan de Casas*, en un cayuco pequeño[176] que en la fragata había, salí a una de ellas, donde se hallaron pájaros tabones y bobos, y trayendo grandísima cantidad de ellos para cecinarlos[177] me vine a bordo.

Arrimándonos a la costa proseguimos por[178] el largo de ella, y a los diez días se descubrió una (1)[179] isla, y al parecer, grande. Eran entonces las seis de la mañana, y a la misma hora se nos dejó ver una armada de hasta veinte velas de varios portes, y echando bandera inglesa me

---

173 Cummins y Soons convierten el verbo en impersonal: ni *se* entendía. Es obvio que el sujeto de la oración es el *yo* narrador («No sabía **yo**... ni entendía [**yo**]...»), aunque también incluye a sus compañeros y conjuga verbos en primera persona plural [*nos hallábamos*, etc.].

174 *Víamos* en el original.

175 Sigüenza escribió la frase en femenino: *poca ámbitu*.

176 *Cayuco pequeño*, redundancia. «Canoa muy pequeña que se usa en varias partes de América y en que no cabe más de un hombre» (*Diccionario marítimo español*).

177 *Cecinarlos*, «Cecinar, echar las carnes en cecina. **Cecina**, es la carne salada y curada al cierzo [viento frío]; y es cosa cierta que las buenas cecinas son de las tierras frías, donde predomina este aire» (Covarrubias). Es posible que el narrador haya querido decir *asar* o *cocinar* ya que, después de todo, Alonso y sus compañeros se encuentran en áreas tropicales.

178 La edición de Cummins y Soons carece de esta preposición y transcriben la frase así: «proseguimos el largo...» (53).

179 La princeps lleva este paréntesis con el número **(1)**, cuya función es hacer hincapié en el orden en que Alonso y los suyos van llegando a cada isla. Ninguna de las ediciones que he corroborado incluye ni comenta este detalle; más abajo se verán otros paréntesis con el número que corresponde según arriban.

llamaron con una pieza. Dudando si llegaría discurrí el que viendo a mi bordo cosas de ingleses quizás no me creerían la relación que les diese, sino que presumirían {que} había yo muerto a los dueños de la fragata y que andaba fugitivo por aquellos mares. Y aunque con turbonada, que empezó a entrar, juzgando {que} me la enviaba Dios para mi escape, largué las velas de gavia, y con el aparejo siempre en la mano (cosa que no se atrevió a hacer ninguna de las naos inglesas) escapé con la proa al norte, caminando todo aquel día y noche sin mudar derrota.

Al siguiente volví la vuelta del Oeste a proseguir mi camino y al otro, por la parte del Leste, tomé una (2) isla. Estando ya sobre ella, se nos acercó una canoa con seis hombres a reconocernos. Y apenas supieron de nosotros ser españoles, y nosotros de ellos que eran ingleses, cuando, corriendo por nuestros cuerpos un sudor frío, determinamos morir primero de hambre entre las olas que no exponernos otra vez a tolerar impiedades. Dijeron que si queríamos comerciar hallaríamos allí azúcar, tinta, tabaco y otros buenos géneros. Respondiles que eso queríamos, y atribuyendo a que era tarde para poder entrar, con el pretexto de estarme a la capa[180] aquella noche, y con asegurarles también el que tomaríamos puerto al siguiente día, se despidieron. Y poniendo luego al instante la proa al Leste me salí a la mar.

Ignorantes de aquellos parajes, y persuadidos a que no hallaríamos sino ingleses donde llegásemos, no cabía en mí ni en mis compañeros consuelo alguno, y más viendo el que el bastimento se iba acabando y que, si no fuera por algunos aguaceros en que cogimos alguna, absolutamente nos faltara el agua. Al Leste, como dije, y al Lesnordeste corrí tres días y después cambié la proa al Noroeste, y gobernando a esta parte seis días continuos, llegué a una isla alta y grande, y acercándome por una punta que tiene al Leste a reconocerla, salió de ella una lancha con siete hombres para nosotros. Sabiendo de mí ser español y que buscaba agua y leña y algún bastimento, me dijeron ser aquella la isla de *Guadalupe* donde vivían franceses, y que con licencia del gobernador (que daría sin repugnancia) podría provisionarme en ella de cuanto necesitase, y que si también quería negociación no faltaría forma, como no les faltaba a algunos que allí llegaban. Dije que sí entraría pero que no sabía por dónde, por no tener carta ni práctico que me guiase, y que me dijesen en qué parte del mundo nos hallá-

---

180   *Estar a la capa*, 1) mantenerse alerta hasta decidir el momento propicio para levar las velas o 2) cuidar de que el velero navegue despacio, sin moverse casi. Sea cual fuere la razón correcta, ciertamente ayudó a que Alonso Ramírez se excusara de acercarse a los ingleses que tanto miedo le infundían.

bamos. Hízoles notable fuerza el oírme esto, e instándome que de dónde había salido y para qué parte, arrepentido inmediatamente de la pregunta, sin responderles a propósito me despedí.

No se espante quien esto leyere de la ignorancia en que estábamos de aquellas islas porque, habiendo salido de mi patria de tan poca edad, nunca supe (ni cuidé de ello después) qué islas son circunvecinas y cuáles sus nombres. Menos razón había para que *Juan de Casas*, siendo natural de la Puebla, en lo mediterráneo de la Nueva España, supiese de ellas. Y con más razón militaba lo propio en los compañeros restantes, siendo todos originarios de la India Oriental, donde no tienen necesidad de noticia que les importe de aquellos mares; pero, no obstante, bien presumía yo el que era parte de la América[181] en la que nos[182] hallábamos.

Antes de apartarme de allí les propuse a mis compañeros el que me parecía imposible tolerar más, porque ya para los continuos trabajos en que nos veíamos nos faltaban fuerzas, con circunstancia de que los bastimentos eran muy pocos, y que pues los franceses eran católicos surgiésemos a merced suya en aquella isla, persuadidos a que haciéndoles relación de nuestros infortunios les obligaría la piedad cristiana a patrocinarnos. Opusiéronse a este dictamen mío con grande esfuerzo, siendo el motivo el que a ellos por su color, y por no ser españoles, los harían esclavos, y que les sería menos sensible el que yo con mis manos los echase al mar que ponerse en las de extranjeros para experimentar sus rigores.

Por no contristarlos, sintiendo más sus desconsuelos que los míos, mareé la vuelta del Norte todo el día y el siguiente al Nornordeste, y por esta derrota a los tres días di vista a una (3) isla. Y de allí habiéndola montado por la banda del Sur, y dejando otra (4) por la de babor, después de dos días que fuimos al noroeste y al oesnoroeste me hallé cercado de islotes, entre dos grandes (5) islas. Costome notable cuidado salir de aquí por el mucho mar y viento que hacía, y corriendo con sólo el trinquete para el Oeste después de tres días descubrí una isla (6) grandísima, alta y montuosa; pero habiendo amanecido cosa de seis leguas, sotaventado[183] de ella para la parte del sur,

---

181   Hablar de *América* en aquella época no era común; los nombres frecuentemente usados eran Indias, Indias Occidentales, Nuevo Mundo, etc.

182   La edición de Cummins y Soons no tiene este *nos*.

183   *Sotaventado*: guarnecido del viento tras algo que se interpone. Participio pasado usado como adjetivo. Sin embargo, Pérez Blanco e Irizarry escriben el participio presente convirtiendo, así, el adjetivo en participio presente o gerundio: *sotaventando* y *sotaventeando*, respectivamente.

nunca me dio lugar el tiempo para cogerla, aunque guiñé[184] al Noroeste. Gastados poco más de otros tres días sin rematarla, reconocidos (7) dos islotes, eché al Sudueste, y después de un día sin notar cosa alguna ni avistar tierra, para granjear lo perdido volví al Noroeste. Al segundo día de esta derrota descubrí y me acerqué a una isla (8) grande: vi en ella, a cuanto permitió la distancia, un puerto (9) con algunos cayuelos[185] fuera y muchas embarcaciones adentro.

Apenas vi que salían de entre ellas dos balandras[186] con bandera inglesa para reconocerme, cargando todo el paño me atravesé a esperarlas. Pero por esta acción o por otro motivo que ellos tendrían, no atreviéndose a llegar cerca, se retiraron al puerto. Proseguí mi camino y para montar una punta[187] que salía por la proa goberné al sur, y montada muy para afuera volví al Oeste y al Oesnoroeste, hasta que a los dos días y medio llegué a una isla (10) como de cinco o seis leguas de largo pero de poca altura, de donde salió para mí una balandra con bandera inglesa. Al punto cargué el paño y me atravesé, pero después de haberme cogido el barlovento, reconociéndome por la popa y muy despacio[188] se volvió a la isla. Llaméla disparando una pieza sin bala, pero no hizo caso. No haber llegado a esta isla ni arrojádome[189] al puerto de la antecedente era a instancias y lágrimas de mis compañeros, a quienes apenas veían cosa que tocase a inglés cuando al instante les faltaba el espíritu, y se quedaban como azogados por largo rato.

Despechado[190] entonces de mí mismo y determinado a no hacer

---

184   *Guiñé, guiñar*, ver nota 71 del Cap. 2.

185   *Cayuelo*, parece ser el diminutivo de *cayo*: «Isleta, en general casi rasa y poco saliente de la superficie del agua ó paraje de poco fondo y aislado en que crecen mangles. Es voz usada en las Antillas y en la costa del continente de América desde las bocas del Amazonas hasta el N[orte] de la Florida. =Fr[ancés]. *Ilet, Caye*. = Ing[lés]. *Key, Cay*.» (*Diccionario marítimo español*). Es importante saber manejar bien la nave para evitar tropezar con ellos. Según Cummins y Soons, estos son los cayos de Puerto Royal de Jamaica (83, n. 172).

186   *Balandra*, «Embarcación de cubierta que tiene solo un palo con una vela cangreja y un foque. =Fr[ancés]. *Sloup, Côtre*. = Ing[lés]. *Sloop, Cutter*.» (*Diccionario marítimo español*).

187   *Montar una punta*: «[...] cuando se navega con viento escaso, es estar en la posición ó arrumbamiento conveniente ó necesario para pasar por delante de un cabo ó punta sin riesgo de tropezar en sus orillas, o haber ya pasado; en cuyo caso equivale á *doblar, descabezar, despuntar, escapular,* y *rebasar*.» (*Diccionario marítimo español*).

188   Esta palabra aparece separada, *de espacio*, en el original

189   *Arrojádome*, participio pasado seguido de *haber*, tal cual aparece en el original: «no [haber] arrojádome al puerto» (no haberme arrojado), aquí con el sentido de entrar apresuradamente. Pérez Blanco, sin embargo, usa el participio presente, *arrojándome*, con lo cual cambia no sólo la estructura gramatical sino también el contenido.

190   *Despechado de mí mismo*, contra mi voluntad, a pesar mío. Cummins y Soons alteran el texto, añadiéndole el pretérito de *estar* entre corchetes: «[Estuve] despechado...» (55).

caso en lo venidero de sus sollozos,[191] supuesto que no comíamos sino lo que pescábamos, y la provisión de agua era tan poca que se reducía a un barril pequeño y a dos tinajas, deseando[192] dar en cualquiera tierra para [aunque fuese poblada de ingleses)[193] varar en ella, navegué ocho días al Oeste y al Oessudueste, y a las ocho de la mañana de aquel[194] en que a nuestra infructuosa y vaga navegación se le puso término (por estar ya casi sobre él) reconocí un muy prolongado bajo de arena y piedra. No manifestando el susto que me causó su vista,[195] orillándome a él como mejor se pudo por una quebrada que hacía, lo atravesé sin que hasta las cinco de la tarde se descubriese tierra. Viendo su cercanía, que por ser en extremo baja, y no haberla [196] por eso divisado, era ya mucha, antes que se llegase la noche hice subir al tope por si se descubría otro bajo de qué guardarnos, y manteniéndome a bordos lo que quedó del día, poco después de anochecer di fondo en cuatro brazas y sobre piedras. Fue esto con sólo un anclote, por no haber más, y con un pedazo de cable de cáñamo de hasta diez brazas ajustado[197] a otro de bejuco [y fue el que colchamos en *Puliubi*) que tenía sesenta, y por ser el anclote [mejor lo llamara rezón[198]] tan pequeño que sólo podría servir para una chata,[199] lo ayudé con una pieza de artillería entalingada[200] con un cable de guamutil[201] de cin-

---

191 Cummins y Soons ponen un punto y empiezan otra oración usando corchetes: «...sollozos. [Era] supuesto...» (56).

192 Cummins y Soons continúan las alteraciones al texto, al poner punto final después de *tinajas*: «...dos tinajas. Deseando dar...» (56).

193 Esta combinación de corchete y paréntesis aparece en el original.

194 Cummins y Soons aclaran mediante corchetes que se trata de «[día]» (56).

195 *Orillándome*: De *orillear*; *verilear*, «*Pil*[otage]. Navegar por un veril* ó por sus inmediaciones; ó bien por las de una costa, bajo, etc. Dícese también *bordear* y *orillear*, refiriéndose a una costa ó bajo, etc.» (*Diccionario marítimo español*). Cummins y Soons añaden «[y]»: «...vista [y] orillándome...» (56). *«Veril. Pil*[otage]. La orilla ó borde de un bajo... =Ing[lés]. *Edge*.» (*Diccionario marítimo español*).

196 La edición de Cummins y Soons lee: «...baja —y no haberla [yo] por eso divisado— era ya mucha...» (56).

197 *Ayustado* en la princeps.

198 *Rezón*: «*Man*[iobra] y *Tact*[ica]. Ancla pequeña de cuatro uñas y sin cepo,* que sirve para embarcaciones menores. =Fr. *Grapin, Herisson*. =Ing. *Grapnel*» (*Diccionario marítimo español*). *Cepo: «Madero grueso dividido longitudinalmente en dos mitades unidas despues por zunchos (aros), que se sujeta al estremo de la caña del ancla... Los anclotes y muchas anclas llevan en lugar de esta clase de cepo, uno de hierro, que atraviesa la caña por un agujero abierto á propósito». (ibíd.).

199 *Chata*: «Embarcación de la América del Sur, de dos palos, y como de sesenta toneladas de porte. [...] barco o embarcación de fondo plano...» (*Diccionario marítimo español*).

200 *Entalingar*: «Sujetar el chicote de una cadena al grillete del ancla ó anclote para darle fondo. En los cables y calabrotes, es amarrar uno de sus extremos al arganeo del ancla ó anclote. También se entalinga la sondaleza en el escandallo. =Fr[ancés]. *Etalinger, Entálinguer*. =Ing[lés]. *To clinch*.» (*Diccionario marítimo español*).

201 *Guamutil, cuauhmochitl*, del náhuatl; tipo de fibra natural proveniente de un árbol.

cuenta brazas. Crecía el viento al peso de la noche, y con gran pujanza, y por esto y por las piedras del fondo, poco después de las cinco de la mañana se rompieron los cables.

Viéndome perdido, mareé todo el paño[202] luego al instante por ver si podía montar una punta que tenía a la vista, pero era la corriente tan en extremo furiosa que no nos dio lugar ni tiempo para poder orzar,[203] con que arribando más y más, y sin resistencia, quedamos varados entre múcaras[204] en la misma punta. Era tanta la mar y los golpes que daba el navío tan espantosos que no sólo a mis compañeros, sino aun a mí, que ansiosamente deseaba aquel suceso para salir a tierra, me dejó confuso, y más hallándome sin lancha para escaparlos. Quebrábanse las olas no sólo en la punta sobre que estábamos sino en lo que se veía de la costa con grandes golpes, y a cada uno de los que a correspondencia daba el navío pensábamos que se abría y nos tragaba el abismo. Considerando el peligro en la dilación, haciendo fervorosos actos de contrición y queriendo merecerle a Dios su misericordia sacrificándole mi vida por la de aquellos pobres, ciñéndome un cabo delgado para que lo fuesen largando me arrojé al agua. Quiso concederme su piedad el que llegase a tierra donde lo hice firme, y sirviendo de andarivel[205] a los que no sabían nadar,[206] convencidos de no ser tan difícil el tránsito como se lo pintaba el miedo, conseguí el que (no sin peligro manifiesto de ahogarse dos)[207] a más de media tarde estuviesen salvos.

---

202 *Marear todo el paño*: «Disponer [todas] las velas de modo que tomen viento por su cara de popa, ó en el sentido que contribuye á dar impulso al buque para andar.» (*Diccionario marítimo español*).

203 *Orzar*: «Dar al timon la posicion necesaria para que el buque gire, disminuyendo el ángulo que la dirección de su quilla forma con la del viento.» (*Diccionario marítimo español*).

204 *Múcaras*, «Segun algunos es un conjunto ó reunion de bajos que no velan; según otros, calidad de fondo sucio» (*Diccionario marítimo español*); es decir, peñascos o promontorios en las aguas, ya no tan profundas, cercanas a las costas; así lo deja saber al empezar el siguiente capítulo cuando alude a *la peña que terminaba esta punta*...

205 *Andarivel*, «Todo cabo que se pone en palo, verga, costado, etc., para que sirva de sostén ó seguridad á la gente. [...], se llaman tambien *pasamano*. =Fr[ancés]. *Garde-corps*. =Ing[lés]. *Life line*. =It[aliano]. *Andrivelli*.» (Diccionario marítimo español). La edición de Cummins y Soons lee: «...y sirviendo [el cabo] de andarivel...» (56).

206 Cummins y Soons añaden innecesariamente palabras entre corchetes: «...nadar, [y ellos] convencidos...» (57).

207 Cummins y Soons sustituyen los paréntesis originales por las rayas: «– no sin peligro... –» (57).

SED, HAMBRE, ENFERMEDADES, MUERTES, con que fueron atribulados en esta costa; hallan inopinadamente gente católica y saben estar en tierra firme de Yucatán en la septentrional América.

§. 6.

Tendría de ámbito la peña que terminaba esta punta como doscientos pasos y por todas partes la cercaba el mar, y aun tal vez por la violencia con que la hería se derramaba por toda ella con grande ímpetu. No tenía árbol ni cosa alguna a cuyo abrigo pudiésemos repararnos contra el viento, que soplaba vehementísimo y destemplado, pero haciéndole a Dios Nuestro Señor repetidas súplicas y promesas, y persuadidos a que estábamos en parte donde jamás saldríamos, se pasó la noche. Perseveró el viento y por el consiguiente no se sosegó el mar hasta de allí a tres días; pero no obstante, después de haber amanecido, reconociendo su cercanía nos cambiamos a tierra firme, que distaría de nosotros como cien pasos y no pasaba de la cintura el agua donde más hondo. Estando todos muertos de sed, y no habiendo agua dulce en cuanto se pudo reconocer en algún espacio, posponiendo mi riesgo al alivio y conveniencia de aquellos míseros, determiné ir a bordo y, encomendándome con todo afecto a MARÍA Santísima de Guadalupe, me arrojé al mar y llegué al navío, de donde saqué una hacha para cortar y cuanto me pareció necesario para hacer fuego. Hice segundo viaje, y a empellones o, por mejor decir, milagrosamente, puse un barrilete de agua en la misma playa, y no atreviéndome aquel día a tercer viaje, después que apagamos todos nuestra ardiente sed, hice que comenzasen los más fuertes a destrozar palmas de las muchas que allí había para comer los cogollos,[208] y encendiendo candela,[209] se pasó la noche.

Halláronse el día siguiente unos charcos de agua (aunque algo salobre) entre aquellas palmas, y mientras se congratulaban los compañeros por este hallazgo, acompañándome *Juan de Casas* pasé al navío de donde en el cayuco que allí traíamos (siempre con riesgo por el mucho mar y la vehemencia del viento) sacamos a tierra el velacho,

---

208   *Cogollo*, «Es la cima del árbol o el renuevo» (Covarrubias).
209   *Hacer candela*, alumbrarse o calentarse con fuego. «Candela. La vela de sebo o cera» (Covarrubias).

{o sea} las dos velas de trinquete y gavia,[210] y pedazos de otras. Sacamos también escopetas, pólvora y municiones, y cuanto nos pareció por entonces más necesario para cualquier accidente.

Dispuesta una barraca en que cómodamente cabíamos todos,[211] no sabiendo a qué parte de la costa se había de caminar para buscar gente, elegí sin motivo especial la que corre al sur, yendo conmigo *Juan de Casas*, y después de haber caminado aquel día como cuatro leguas, matamos dos puercos monteses, y escrupulizando el que se perdiese aquella carne en tanta necesidad, cargamos con ellos para que los lograsen los compañeros. Repetimos lo andado a la mañana siguiente hasta llegar a un río de agua salada, cuya ancha y profunda boca nos atajó los pasos; y aunque por haber descubierto unos ranchos antiquísimos hechos de paja estábamos persuadidos a que dentro de breve se hallaría gente, con la imposibilidad de pasar adelante después de cuatro días de trabajo nos volvimos tristes.

Hallé a los compañeros con mucho mayores aflicciones que las que yo traía, porque los charcos de donde se proveían de agua se iban secando y todos estaban tan hinchados que parecían hidrópicos. Al segundo día de mi llegada se acabó el agua, y aunque por el término de cinco se hicieron cuantas diligencias nos dictó la necesidad para conseguirla, excedía a la de la mar en la amargura la que se hallaba. A la noche del quinto día postrados todos en tierra, y más con los afectos que con las voces por sernos imposible el articularlas, le pedimos a la Santísima Virgen de Guadalupe el que, pues era fuente de aguas vivas para sus devotos, compadeciéndose de lo que ya casi agonizábamos con la muerte, nos socorriese como a hijos, protestando[212] no apartar jamás de nuestra memoria, para agradecérselo, beneficio tanto. Bien

---

210　*Velacho*: tal como explica el mismo Sigüenza-Ramírez, velacho es «La gavia del trinquete. =Fr[ancés]. *Petit hunier*. =Ing[lés]. *Fore-top sail*. It[aliano]. *Parrocchetto*. [...] Título de la verga en que dicha vela se enverga, y del mastelero en que una y otra se izan.» (*Diccionario marítimo español*). *Trinquete*: «El palo que se arbola inmediato á la proa en las embarcaciones que tienen mas de uno. =Fr[ancés]. *Mât de misaine*. =Ing[lés]. *Fore-mast*.» (*Diccionario marítimo español*). *Gavia*: «denominación genérica de toda vela que se larga en el mastelero que va sobre el palo principal». *Mastelero*: «Cada una de las perchas ó palos menores [verticales] que van sobre los principales en la mayor parte de las embarcaciones de vela redonda...» (*Diccionario marítimo español*). Nótese, pues, que «velacho» denomina tanto a la percha horizontal (*verga*), la vertical (mastelero) y la vela que en ellos se iza (*gavia*).

211　Cummins y Soons añaden [y] antes de «no sabiendo...» (59).

212　Como han hecho a lo largo de su edición, Cummins y Soons creen necesario explicar que se trata de «[nosotros]» (60), obviando que la oración misma lo aclara, sobre todo cuando dice «nuestra memoria.» Recuérdese que el verbo *protestar* equivale a *prometer*, como se explicó anteriormente.

sabéis, Madre y Señora mía[213] amantísima, el que así pasó.[214] Antes que se acabase la súplica, viniendo por el Sueste[215] la turbonada, cayó un aguacero tan copioso sobre nosotros que refrigerando los cuerpos y dejándonos en el cayuco y en cuantas vasijas allí teníamos provisión bastante, nos dio las vidas.

Era aquel sitio no sólo estéril y falto de agua, sino muy enfermo, y aunque así lo reconocían los compañeros, temiendo morir en el camino, no había modo de convencerlos para que lo dejásemos; pero quiso Dios que lo que no recabaron mis súplicas lo consiguieron los mosquitos (que también allí había] con su molestia; y ellos eran sin duda alguna los que en parte les habían causado las hinchazones que he dicho con sus picadas. Treinta días se pasaron en aquel puesto, comiendo chachalacas,[216] palmitos y algún marisco, y antes de salir de él, por no omitir diligencia, pasé al navío, que hasta entonces no se había escalimado,[217] y cargando con bala toda la artillería, la disparé dos veces.

Fue mi intento el que si acaso había gente la tierra adentro, podía ser que les moviese el estruendo a saber la causa, y que acudiendo allí se acabasen nuestros trabajos con su venida. Con esta esperanza me mantuve hasta el siguiente día, en cuya noche (no sé cómo] tomando fuego un cartucho de a diez que tenía en la mano, no sólo me la[218]

---

213   La edición de Cummins y Soons lee solamente «señora amantísima» (60) sin **mía**.

214   Cummins y Soons agregan corchetes para conectar ambas oraciones: «...el que así pasó, |porque| antes que...» (60).

215   *Sueste*: Sudeste. Cummins y Soons alteran el texto al escribir «suroeste» (60).

216   *Chachalaca*, especie de gallina oriunda de México.

217   *Escalimado*, sustantivo *calima*: según Estelle Irizarry, este adjetivo proviene del verbo *descalimar*: «levantarse o disiparse la calima o bruma» (156). De hecho, el *Diccionario marítimo español* ofrece la siguiente definición para *calima*: «Cierta especie de vapores, á manera de humo blanquecino, que en tiempo de calma y calor condensan mas ó menos la atmósfera. =Fr|ancés|. *Brume*. Ing|lés|. *Haze*.» También: «*Calima*: conjunto de corchos enfilados por un agujero que tienen en el centro, cuyo compuesto forma como un rosario, y equivale a una boya. |...|. *Ponerse a calima*: Situarse el barco llamado *enviada* detrás de la *jábega* (red grande o conjunto de redes de pesca) que está *calada* (sumergida) para sostener con una cuerda el copo (saco de red donde terminan varias redes de tiro) que se halla lleno o muy cargado, ayudando de esta manera a sacar la red.» Lo lógico es deducir que para Alonso Ramírez *escalimar* significa ubicar el buque hasta pender de un cabo, sea de fondeo o de remolque. Si el barco se hubiera *escalimado* sería señal de que había logrado zafar la varadura. Esta maniobra, de hacer firme un cabo al barco varado y esperar a que se zafe con la marea y se ponga solo de proa al viento, o a la corriente, es habitual aún hoy día. Esto último nos lleva a recordar el final del Capítulo 5, donde Alonso Ramírez alude al hecho de que la nave seguía encajada o, en palabras del mismo narrador, se había quedado «varada entre múcaras». Pérez Blanco transcribe la palabra incorrectamente al poner «escatimado» (115), error que distorsiona el sentido completo de la oración.

218   Cummins y Soons eliminaron el pronombre de objeto directo –*la*– (el fuego le abrasó la mano) que está presente en la princeps, dando a entender, así, que no sólo se le quemaron la mano y el muslo, sino también otras partes del cuerpo.

abrasó sino que me maltrató un muslo, parte del pecho, toda la cara y me voló el cabello. Curado como mejor se pudo con ungüento blanco que en la caja de medicina que me dejó el condestable se había hallado, y a la subsecuente mañana, dándoles a los compañeros el aliento de que yo más que ellos necesitaba, salí de allí.

Quedóse [ojalá la pudiéramos haber traído con nosotros aunque fuera a cuestas, por lo que adelante diré], quedóse, digo, la fragata que en pago de lo mucho que yo y los míos servimos a los ingleses nos dieron graciosamente. Era (y no sé si todavía lo es] de treinta y tres codos[219] de quilla[220] y con tres aforros,[221] los palos y vergas de excelentísimo pino, la fábrica toda de lindo gálibo,[222] y tanto que corría ochenta leguas[223] por singladura[224] con viento fresco[225]. Quedáronse en ella y en las playas nueve piezas de artillería de hierro con más de dos mil balas de a cuatro, de a seis y de a diez, y todas de plomo, cien quintales por lo menos[226] de este metal, cincuenta barras de estaño, sesenta arrobas de hierro, ochenta barras de cobre del Japón, muchas tinajas de la China, siete colmillos de elefante, tres barriles de pólvora, cua-

---

219   Codo: «Medida de longitud usada en las aduanas y arsenales, y entre los carpinteros de ribera. El codo propiamente dicho es igual á 1 $^1/_2$ pies ó media vara.» (*Diccionario marítimo español*).

220   *De quilla* o *Quilla limpia*: «la medida de la longitud, del buque, contada solamente por su quilla ó desde el extremo en que esta sentado el codaste, hasta el arranque de la roda, y excluso el espesor de estas dos piezas.» (*Diccionario marítimo español*). Es decir, se trataba de una embarcación cuya quilla medía 50 pies, aproximadamente 15 metros.

221   *Aforro: forro*, «el conjunto de tablones con que se cubre el esqueleto del buque, así exterior como interiormente. =Fr[ancés]. *Bordé. Fourrure*. =Ing[lés]. *Boarding. Planking.*» (*Diccionario marítimo español*).

222   *Gálibo*, «La figura que se da al contorno de las ligazones de un buque. =Fr[ancés]. *Gabariage, Façon*. =Ing[lés]. *Mould, Sweep, Shape*. […]. La figura de la embarcación, principalmente en la parte que se sumerge.» (*Diccionario marítimo español*). *De lindo gálibo*: de buen diseño.

223   *Legua*: «*Legua marina ó marítima:* la vigésima parte de la extensión lineal de un grado de meridiano terrestre, que por consecuencia consta de seis mil seiscientas cincuenta varas castellanas; se divide en tres millas, y sirve de tipo en la marina como de medida itineraria ó para la cuenta de la estima. Equivale á 5535,5 metros. =Fr[ancés]. *Lieue maritime*. =Ing[lés]. *League.*» (*Diccionario marítimo español*).

224   *Singladura*: «El camino que una embarcación anda ó hace en veinticuatro horas, contadas desde un medio dia al siguiente. = Ing[lés]. *Day's run*» O sea que se trataba de una embarcación capaz de navegar a casi 10 nudos de promedio diario: 1 nudo = 1 milla marítima −1.852 m.− por hora. «Singlar. *Pil*[otage] y *Man*[iobra]. Hacer caminar á un bote, canoa ú otra embarcación por medio de un remo que se coloca en el centro de la popa, moviéndolo alternativamente á uno y otro lado. =Fr[ancés]. Godiller. =Ing[lés]. *To scull*.»

225   *Fresco*: «Dicese del viento y de la brisa , cuando llenan completamente las velas y no las dejan gualdrapear (golpear las velas contra los respectivos palos, masteleros y jarcias, cuando hay calma y alguna mar. Fr[ancés]. *Batement*. =Ing[lés]. *Beating, Flapping.*» (*Diccionario marítimo español*).

226   Cummins y Soons eliminaron la frase *por lo menos*.

renta cañones de escopetas, diez llaves, una caja de medicina y muchas herramientas de cirujano.

Bien provisionados de pólvora y municiones y no otra cosa, y cada uno de nosotros con su escopeta, comenzamos a caminar por la misma marina la vuelta del norte, pero con mucho espacio, por la debilidad y flaqueza de los compañeros. Y en llegar a un arroyo de agua dulce, pero bermeja, que distaría del primer sitio menos de cuatro leguas, se pasaron dos días. La consideración de que a este paso sólo podíamos acercarnos a la muerte, y con mucha prisa, me obligó a que, valiéndome de las más suaves palabras que me dictó el cariño, les propusiese el que pues ya no les podía faltar el agua, y como veíamos {que} acudía allí mucha volatería que les aseguraba el sustento, {que} tuviesen a bien el que acompañado de *Juan de Casas* me adelantase hasta hallar poblado, de donde protestaba {que} volvería cargado de refresco para sacarlos de allí.

Respondieron a esta proposición con tan lastimeras voces y copiosas lágrimas que me las sacaron de lo más tierno del corazón en mayor raudal. Abrazándose de mí me pedían con mil amores y ternuras que no los desamparase, y que, pareciendo imposible en lo natural poder vivir el más robusto ni aun cuatro días siendo la demora tan corta, quisiese, como padre que era de todos, darles mi bendición en sus postreras boqueadas, y que después prosiguiese muy enhorabuena a buscar el descanso que a ellos les negaba su infelicidad y desventura en tan extraños climas. Convenciéronme sus lágrimas a que así lo hiciese, pero pasados seis días sin que mejorasen, reconociendo el que ya yo me iba hinchando y que mi falta les aceleraría la muerte, temiendo ante todas cosas la mía, conseguí el que aunque fuese muy poco a poco se prosiguiese el viaje.

Iba yo y *Juan de Casas* descubriendo lo que habían de caminar los que me seguían, y era el último, como más enfermo, *Francisco de la Cruz*, sangley, a quien desde el trato de cuerda que le dieron los ingleses antes de llegar a *Caponiz* le sobrevinieron mil males, siendo el que ahora le quitó la vida dos hinchazones en los pechos y otra en el medio de las espaldas, que le llegaba al celebro. Habiendo caminado como una legua, hicimos alto, y siendo la llegada de cada uno según sus fuerzas, a más de las nueve de la noche no estaban juntos porque este *Francisco de la Cruz* aún no había llegado. En espera suya se pasó la noche, y dándole orden a *Juan de Casas* que prosiguiera el camino, antes que amaneciese volví en su busca: hallélo a cosa de media legua ya casi boqueando pero en su sentido. Deshecho en lágrimas y con mal articuladas razones, porque me las embargaba el sentimiento, le dije lo que para que muriese conformándose con la voluntad de Dios y en gracia suya me pareció a propósito, y poco antes de mediodía rindió el espíritu. Pasadas como dos horas hice un profundo hoyo en la misma arena y, pidiéndole a la Divina Majestad el descanso de su alma, lo sepulté, y levantando una Cruz (hecha de dos toscos maderos) en aquel lugar, me volví a los míos.

Hallélos alojados adelante de donde habían salido como otra legua, y a *Antonio González*, el otro sangley, casi moribundo, y no habiendo regalo que poder hacerle ni medicina alguna con que esforzarlo, estándolo consolando, o de triste o de cansado, me quedé dormido, y despertándome el cuidado a muy breve rato lo hallé difunto. Dímosle sepultura entre todos el siguiente día y tomando por asunto una y otra muerte los exhorté a que caminásemos cuanto más pudiésemos, persuadidos a que así sólo se salvarían las vidas. Anduviéronse aquel día como tres leguas, y en los tres siguientes se granjearon quince, y fue la causa el que, con el ejercicio del caminar, al paso que se sudaba se resolvían[227] las hinchazones y se nos aumentaban las fuerzas. Hallóse aquí un río de agua salada, muy poco ancho y en extremo hondo, y aunque retardó por todo un día un manglar muy espeso el llegar a él, reconociendo después de sondarlo faltarle vado,[228] con palmas que se cortaron se le hizo puente y se fue adelante, sin que el hallarme en esta ocasión con calentura me fuese estorbo.

Al segundo día que de allí salimos, yendo yo y *Juan de Casas* precediendo a todos, atravesó por el camino que llevábamos un disforme oso, y no obstante el haberlo herido con la escopeta se vino para mí, y aunque me defendía yo con el mocho[229] como mejor podía, siendo

---

227   Claramente *resolvían* –se mejoraban, se iban curando– en la princeps, pero que Pérez Blanco cambió a *revolvían* (118), verbo que no tiene sentido en el contexto del relato de Alonso Ramírez.

228   *Vado*, «Fondeadero, placer, tenedero; esto es, cualquier paraje del fondo del mar donde se puede fondear. El paraje de poco agua por donde se puede vadear un rio, canal, estero, etc. Ing[lés]. *Ford*.» (*Diccionario marítimo español*). «Lo ancho y somero del río por donde se puede pasar, o a pie o a caballo, sin peligro. [...] ...nombre arábigo, en cuya lengua vado significa paso» (Covarrubias).

229   *Mocho*, «la cosa que, por excepción entre las de su clase, no tiene punta, por no haberle salido, por haberla perdido o por habérsela quitado... Extremo grueso y romo de un utensilio largo; por ejemplo, la culata de una escopeta» (Moliner).

pocas mis fuerzas y las suyas muchas, a no acudir a ayudarme mi compañero me hubiera muerto. Dejámoslo allí tendido y se pasó de largo. Después de cinco días de este suceso llegamos a una punta de piedra, de donde me parecía imposible pasar con vida por lo mucho que me había postrado la calentura, y ya entonces estaban notablemente recobrados todos, o por mejor decir, con salud perfecta. Hecha mansión,[230] y mientras entraban el monte adentro a buscar comida, me recogí a un rancho que, con una manta que llevábamos, al abrigo de una peña, habían hecho y quedó en guarda mía mi esclavo *Pedro*. Entre las muchas imaginaciones que me ofreció el desconsuelo en esta ocasión fue la más molesta el que sin duda estaba en las costas de la Florida, en la América y, que siendo cruelísimos en extremo sus habitadores, por último habíamos de rendir las vidas en sus sangrientas manos.

Interrumpióme estos discursos mi muchacho con grandes gritos, diciéndome que descubría gente por la costa y que venía desnuda. Levantéme asustado y, tomando en la mano la escopeta, me salí afuera, y encubierto de la peña a cuyo abrigo estaba reconocí dos hombres desnudos con cargas pequeñas a las espaldas y, haciendo ademanes con la cabeza como quien busca algo, no me pesó de que viniesen sin armas, y por estar ya a tiro mío les salí al encuentro. Turbados[231] ellos mucho mas sin comparación que lo que yo lo estaba, lo mismo fue verme que arrodillarse, y puestas las manos comenzaron a dar votes en castellano y a pedir cuartel. Arrojé yo la escopeta y, llegándome a ellos, los abracé, y repondiéndome a las preguntas que inmediatamente les hice, dijeron que eran católicos y que acompañando a su amo, que venía atrás y se llamaba *Juan González* y era vecino del pueblo de Tejosuco, andaban por aquellas playas buscando ámbar. Dijeron también el que era aquella costa la que llamaban de Bacalal en la provincia de Yucatán.

Siguiose a estas noticias tan en extremo alegres, y más en ocasión que la vehemencia de mi tristeza me ideaba muerto entre gentes bárbaras, el darle a Dios y a su Santísima Madre repetidas gracias, y disparando tres veces, que era contraseña para que acudiesen los compañeros, con su venida,[232] que fue inmediata y acelerada, fue común

---

230   *[Estaba] hecha mansión*, en Cummins y Soons (63), añadido entre corchetes que, en
        nuestra opinión, no es necesario. *Hacer mansión* significa asentarse en un lugar.
231   Cummins y Soons añadieron corchetes: *[Estaban] turbados...* (63) y más adelante, en la
        misma oración, agregaron –*[y]*– (antes de *lo mismo fue verme*) que, como explico en mi
        introducción, es la palabrita que ellos meten más en el texto.
232   Cummins y Soons transcriben el pasaje de esta manera: ...*repetidas gracias. Y [seguí] dis-
        parando.... Con su venida...* (63 – 64).

entre todos el regocijo. No satisfechos de nosotros los *yucatecos*, dudando si seríamos de los piratas ingleses y franceses que por allí discurren, sacaron de lo que llevaban en sus mochilas para que comiésemos, y dándoles (no tanto por retorno cuanto porque depusiesen el miedo que en ellos veíamos) dos de nuestras escopetas, no las quisieron. A breve rato nos avistó su amo, porque venía siguiendo a sus indios con pasos lentos, y reconociendo el que quería volver aceleradamente atrás para meterse en lo más espeso del monte, donde no sería fácil el que lo hallásemos, quedando en rehenes uno de sus dos indios, fue el otro, a persuasiones y súplicas nuestras, a asegurarlo.

Después de una muy larga plática que entre sí tuvieron, vino, aunque con sobresalto y recelo según por el rostro se le advertía y en sus palabras se denotaba, a nuestra presencia; y hablándole yo con grande benevolencia y cariño, y haciéndole una relación pequeña de mis trabajos grandes, entregándole todas nuestras armas para que depusiese el miedo con que lo veíamos, conseguí el que se quedase con nosotros aquella noche, para salir a la mañana siguiente donde quisiese llevarnos. Díjonos, entre varias cosas que se parlaron, {que} le agradeciésemos a Dios por merced muy suya el que no me hubiesen visto sus indios primero y a largo trecho porque si teniéndonos por piratas se retiraran al monte para guarecerse en su espesura, jamás saldríamos de aquel paraje inculto y solitario porque nos faltaba embarcación para conseguirlo.

Pasan a Tejosuco, de allí a Valladolid, donde experimentan molestias. Llegan a Mérida; vuelve Alonso Ramírez a Valladolid, y son aquéllas mayores. Causa por qué vino a México, y lo que de ello resulta.

§. 7.

Si a otros ha muerto un no esperado júbilo, a mí me quitó la calentura el que ya se puede discurrir si sería grande. Libre pues de ella,[233] salimos de allí cuando rompía el día, y después de haber andado por la playa de la ensenada una legua llegamos a un puertecillo, donde tenían varada una canoa en que habían pasado. Entramos en ella, y quejándonos todos de mucha sed, haciéndonos desembarcar en una pequeña *isla* de las muchas que allí se hacen, a que viraron luego, hallamos un edificio al parecer antiquísimo compuesto de solas cuatro paredes, y en el medio de cada una de ellas una pequeña puerta y, a correspondencia, otra en el medio de mayor altura [sería la de las paredes de afuera como tres estados].[234] Vimos también allí cerca unos pozos hechos a mano y llenos todos de excelente agua. Después que bebimos[235] hasta quedar satisfechos, admirados de que en un *islote* que bojeaba[236] doscientos pasos se hallase agua, y con las circunstancias del edificio que tengo dicho, supe el que no sólo éste sino otros que se hallan en partes de aquella provincia, y mucho mayores, fueron fábrica de gentes que muchos siglos antes que la conquistaran los españoles vinieron a ella.

Prosiguiendo nuestro viaje, a cosa de las nueve del día, se divisó una canoa de mucho porte. Asegurándonos la vela que traían (que se reconoció ser de petate o estera, que todo es uno),[237] no ser piratas ingleses como se presumió, me propuso *Juan González* el que les embistiésemos y los apresásemos. Era el motivo que, para cohonestarlo,[238] se le ofreció el que eran indios gentiles de la sierra los que en ella iban

---

233 Cummins y Soons escriben: *Libre pues de ella /yo/,...* (65).
234 En vez de los corchetes originales, Pérez Blanco usó paréntesis (121), mientras Cummins y Soons los eliminaron y separaron la oración: «...altura. Sería la de las paredes...» (65).
235 *Vevimos* en la princeps.
236 *Bojear, bojar,* «Medir el contorno de una isla ó cabo. Rodear, navegar ó andar dicho contorno. =Fr|ancés|. *Arrondir.* =Ing|lés|. *To sail round.*» (*Diccionario marítimo español*).
237 Cummins y Soons alteraron la oración de esta manera: *porte, /y/ asegurándonos... — que se reconoció...uno — ...* (65).
238 *Cohonestar,* «Dar apariencia de justa o razonable a una acción que no lo es» (Moliner).

y que, llevándolos al cura de su pueblo para que los catequizase, como cada día lo hacía con otros, le haríamos con ello un estimable obsequio, a que se añadía el que habiendo traído bastimento para solos tres, siendo ya nueve los que allí ya íbamos y muchos los días que sin esperanza de hallar comida habíamos de consumir para llegar a poblado, podíamos, y aun debíamos, valernos de los que sin duda llevaban los indios.

Pareciome conforme a razón lo que proponía y, a vela y remo, les dimos caza. Eran catorce las personas [sin unos muchachos] que en la canoa iban, y habiendo hecho poderosa resistencia disparando sobre nosotros lluvias de flechas,[239] atemorizados de[240] los tiros de escopeta, que aunque eran muy continuos y espantosos, iban sin balas porque, siendo impiedad matar a aquellos pobres sin que nos hubiesen ofendido ni aun levemente, di rigurosa orden a los míos de que fuese así. Después de haberles abordado, le hablaron a *Juan González*, que entendía su lengua, y prometiéndole un pedazo de ámbar que pesaría dos libras, y cuanto maíz quisiésemos del que allí llevaban, le pidieron la libertad. Propúsome el que si así me parecía se les concediese, y desagradándome el que más se apeteciese el ámbar que la reducción de aquellos miserables gentiles al gremio de la Iglesia Católica, como me insinuaron, no vine en ello. Guardóse *Juan González* el ámbar y, amarradas las canoas y asegurados los prisioneros, proseguimos nuestra derrota hasta que, atravesada la ensenada, ya casi entrada la noche, saltamos en tierra.

Gastóse el día siguiente en moler maíz y disponer bastimento para los seis que dijeron habíamos de tardar para pasar el monte, y echando por delante a los indios con la provisión, comenzamos a caminar. A la noche de este día, queriendo sacar lumbre con mi escopeta, no pensando estar cargada, y no poniendo por esta inadvertencia el cuidado que se debía,[241] saliéndoseme de las manos, y lastimándome el pecho y la cabeza con el no prevenido golpe, se me quitó el sentido. No volví

---

239   Cummins y Soons no sólo excluyeron los corchetes originales, sino que usaron los suyos añadiendo lo que no existe en el texto de Sigüenza: *...flechas [fueron] atemorizados...* (66).

240   Según Pérez Blanco, el texto debe leer así: *...los atemorizamos con los tiros de escopeta...* Y en una nota al pie de página explica que, «[b]uscando una mejor comprensión del pensamiento del escritor hemos sustituido **atemorizados de los** que figura en el texto de Sigüenza y Góngora por el que damos nosotros» (n. 202, 122; las cursivas son suyas, pero el énfasis en negritas es mío). Nuevamente este editor se olvida de las idiosincrasias lingüísticas de la época, además de que el uso de las preposiciones varía según la procedencia de los hablantes.

241   Cummins y Soons añadieron una palabra que, a mi juicio, no es necesaria: *...debía, [explotó], saliéndoseme...* (66; énfasis mío).

en mi acuerdo hasta que cerca de medianoche comenzó a caer sobre nosotros tan poderoso aguacero que inundando el paraje en que nos alojamos y pasando casi por la cintura la avenida, que fue improvisa,[242] perdimos la mayor parte del bastimento y toda la pólvora menos la que tenía en mi graniel.[243] Con esta incomodidad, y llevándome cargado los indios, porque no podía moverme, dejándonos a sus dos criados para que nos guiasen, y habiéndose[244] *Juan González* adelantado así para solicitarnos algún refresco como para noticiar a los indios de los pueblos inmediatos adonde habíamos de ir, el que no éramos piratas como podían pensar, sino hombres perdidos que íbamos a su amparo.[245]

Proseguimos por el monte nuestro camino sin un indio y una india de los gentiles que, valiéndose del aguacero, se nos huyeron. Pasamos excesiva hambre hasta que, dando en un platanal, no sólo comimos hasta satisfacernos, sino que, proveídos de plántanos asados, se pasó adelante. Noticiado por *Juan González* el beneficiado de *Tejosuco* [de quien ya diré] de nuestros infortunios, nos despachó al camino un muy buen refresco, y fortalecidos con él, llegamos el día siguiente a un pueblo de su feligresía que dista como una legua de la cabeza y se nombra *Tila*, donde hallamos gente de parte suya que, con un regalo de chocolate y comida espléndida, nos esperaba. Allí nos detuvimos hasta que llegaron caballos en que montamos, y rodeados de indios que salían a vernos como cosa rara, llegamos al pueblo de Tejosuco como a las nueve del día.

Es pueblo no sólo grande sino delicioso y ameno. Asisten en él muchos españoles y entre ellos *D. Melchor Pacheco*, a quien acuden los indios como a su encomendero. La iglesia parroquial se forma de tres naves y está adornada con excelentes altares, y cuida de ella como su cura beneficiado el licenciado D. CRISTÓBAL DE MUROS, a quien

---

242 *Improvisa*, «...desapercibido. Cosa no vista o prevenida antes» (Covarrubias). Pérez Blanco refuta la decisión de Valles Formosa de explicar que se trata de *improvisada*, pues según él la palabra correcta debería ser «*repentina*, sin que se previera» (123, n. 204).

243 *Graniel*, este término no aparece en ningún diccionario. Irizarry expande la nota breve de Cummins y Soons (*powder horn* [84, n. 217]), explicando que se trata del «frasco en el cual se guarda la pólvora fina para cebar las piezas de artillería.» (157).

244 Cummins y Soons intercalan una frase entre corchetes sin ningún sentido: ...*guiasen*, *[Juan González se fue]*. *Y habiéndose*... (66; énfasis mío).

245 Al final de esta oración, Cummins y Soons añaden, entre corchetes, la palabra con la que comienza el siguiente párrafo, de modo que la repiten: ...*amparo*, *[proseguimos]*. / *Proseguimos*... (66). Por su cuenta, Pérez Blanco pone coma y continúa sin empezar un párrafo nuevo –...*amparo, proseguimos*...–, decisión que explica en la siguiente nota: «En el texto original después de *amparo* hay punto y aparte. Nosotros pensamos que el sentido exige la construcción que ofrecemos.» (123, n. 206).

jamás pagaré dignamente lo que le debo y para cuya alabanza me faltan voces. Saliónos a recibir con el cariño de padre y, conduciéndonos a la iglesia, nos ayudó a dar a Dios N{uestro} Señor las debidas gracias por habernos sacado de la opresión tirana de los ingleses, de los peligros en que nos vimos por tantos mares y de los que últimamente toleramos en aquellas costas. Y acabada nuestra oración, acompañados de todo el pueblo, nos llevó a su casa.

En ocho días que allí estuvimos, a mí y a *Juan de Casas* nos dio su mesa abastecida de todo, y desde ella enviaba siempre sus platos a diferentes pobres. Acudióseles también, y a proporción de lo que con nosotros se hacía, no sólo a los compañeros sino a los indios gentiles con abundancia. Repartió éstos (después de haberlos vestido) entre otros que ya tenía bautizados de los de su nación para catequizarlos, y disponiéndonos para la confesión, de que estuvimos imposibilitados por tanto tiempo, oyéndonos con la paciencia y cariño que nunca he visto, conseguimos el Día de Santa Catalina[246] que nos comulgase. En el ínterin que esto pasaba noticó a los alcaldes de la villa de *Valladolid* (en cuya comarca cae aquel[247] pueblo) de lo sucedido, y dándonos carta así para ellos como para el guardián de la vicaría de *Tixcacal* que nos recibió con notable amor, salimos de *Tejosuco* para la villa con su beneplácito. Encontrónos en este pueblo de *Tixcacal* un sargento que remitían los alcaldes para que nos condujese, y en llegando a la villa y a su presencia les di carta. Eran dos estos alcaldes, como en todas partes se veía;[248] llámase el uno *D. Francisco de Celerun*, hombre, a lo que me pareció, poco entremetido y de muy buena intención, y el otro *D. Ceferino*[249] *de Castro*.

No puedo proseguir sin referir un donosísimo cuento que aquí pasó, sabiéndose porque yo se lo había dicho a quien lo preguntaba, ser esclavo mío el negrillo *Pedro*: esperando uno de los que me habían examinado a que estuviese solo, llegándose a mí y echándome los brazos al cuello, me dijo así: {¿}*Es posible, amigo y querido paisano mío,*

---

246   Hay varias posibilidades: el 25 de noviembre y bajo el martirilogio romano de 1956, se honra a la virgen y mártir (por haber sido decapitada) Santa Catalina de Alejandría (esta fecha es la escogida por Cummins y Soons); el día de *Santa Catalina de Siena* (1347–1380), canonizada en 1461 bajo el papado de Pío II, se celebra entre el 29 y el 30 de abril; el 28 de julio es la celebración de *Santa Catalina Tomás y Gallard* (Mallorca, ca. 1533-1572), de la Orden Agustina. Pero también tenemos el 24 de marzo dedicado a Santa Catalina Ulfsdotter (ca. 1330 – 1381) de Suecia, hija de quien a su vez fuera Santa Brígida.

247   *Cae a aquel* en el original.

248   La princeps lee claramente *vía*; sin embargo, las ediciones que consulté en vez de escribir *veía*, transcribieron, inexplicablemente, *usa*.

249   *Zephirino* en el texto de Sigüenza y Góngora.

*que os ven mis ojos{?} {¡}Oh, cuantas veces se me han anegado en lagrimas al acordarme de vos{!} {¿}Quién me dijera que os había de ver en tanta miseria{?} {¡}Abrazadme recio, mitad de mi alma, y dadle gracias a Dios de que esté yo aquí{!}*²⁵⁰ Preguntéle quién era y cómo se llamaba, porque de ninguna manera lo conocía. *{¿}Cómo es eso,* me replicó, *cuando no tuvisteis en vuestros primeros años mayor amigo{?}* *Y para que conozcáis el que todavía soy el que entonces era, sabed que corren voces que sois espía de algún corsario, y noticiado de ello el gobernador de esta provincia os hará prender, y sin duda alguna os atormentará. Yo, por ciertos negocios en que intervengo, tengo con Su Señoría relación estrecha, y lo mismo es proponerle yo una cosa que ejecutarla. Bueno será granjearle la voluntad presentándole ese negro, y para ello no será malo el que me hagáis donación de él. Considerad que el peligro en que os veo es en extremo mucho. Guardadme el secreto y mirad por vos. Si así no se hace,*²⁵¹ *persuadiéndoos a que no podré redimir vuestra vejación si lo que os propongo, como tan querido y antiguo amigo vuestro, no tiene forma.* No soy tan simple, le respondí, que no reconozca ser vuestra merced²⁵² un grande embustero y que puede dar lecciones de robar a los mayores corsarios. A quien me regalare con trescientos reales de a ocho que vale, le regalaré con mi negro, y vaya con Dios.

No me replicó, porque llamándome de parte de los alcaldes²⁵³, me quité de allí.

Era *D. Francisco de Celerun* no sólo alcalde sino también teniente, y como de la declaración que le hice de mis trabajos resultó saberse por toda la villa lo que dejaba en las playas, pensando muchos el que por la necesidad casi extrema que padecía haría baratas,²⁵⁴ comenzaron a prometerme dinero porque les vendiese siquiera lo que estaba en ellas, y me daban luego quinientos pesos. Quise admitirlos y volver con algunos que me ofrecieron su compañía, así para remediar la fragata como para poner cobro a lo que en ella tenía, pero enviándome a notificar *D. Ceferino de Castro* el que debajo de graves penas no saliese de la villa para las playas, porque la embarcación y cuanto en ella

250   En cursivas en el texto original, pero los signos de interrogación y exclamación son añadidos de los editores que he citado a lo largo de ésta y con quienes estoy de acuerdo; la diferencia estriba en que ellos se abstuvieron de aclarar que los signos no pertenecen al texto original de Sigüenza-Ramírez.
251   En esta parte, Cummins y Soons agregan *[estoy]* (68).
252   *Vmd.* en la princeps.
253   Cummins y Soons, usando corchetes, añadieron *[alguien]* antes de la coma: «...llamándome de parte de los alcaldes [alguien], me quité de allí.» (68).
254   *Haría baratas*, vendería provisiones a bajo precio.

venía pertenecía a la Cruzada,[255] me quedé suspenso, y acordándome del *sevillano Miguel* encogí los hombros. Súpose también cómo al encomendero de *Tejosuco*, *Don Melchor Pacheco*, le di un cris[256] y un espadín mohoso que conmigo traía y de{l} que por cosa extraordinaria se aficionó, y persuadido por lo que dije del saqueo de *Cicudana* a que tendrían empuñadura de oro y diamantes, despachó luego al instante por él, con iguales penas, y noticiado de que quería yo pedir de mí justicia y que se me oyese, al segundo día me remitieron a Mérida.

Lleváronme con la misma velocidad con que yo huía con mi fragata cuando avistaba ingleses, y sin permitirme visitar el milagroso santuario de Nuestra Señora de *Ytzamal*, a ocho de diciembre[257] de 1689, dieron conmigo mis conductores en la ciudad de *Mérida*. Reside en ella como gobernador y capitán general de aquella provincia D. Juan José[258] de la Bárcena, y después de haberle besado la mano yo y mis compañeros y dádole extrajudicial relación de cuanto queda dicho, me envió a las que llaman Casas Reales de S{an} Cristóbal, y a quince {de diciembre} por orden suyo me tomó declaración de lo mismo el sargento mayor *Francisco Guerrero*, y a 7 de enero de 1690, *Bernardo Sabido*, escribano real, certificó[259] de que después de haber salido perdido por aquellas costas me estuve hasta entonces en la ciudad de Mérida.

Las molestias que pasé en esta ciudad no son ponderables. No hubo vecino de ella que no me hiciese relatar cuanto aquí se ha escrito, y esto no una sino muchas veces. Para esto solían llevarme a mí y a los míos de casa en casa, pero al punto de mediodía me despachaban todos. Es aquella ciudad, y generalmente toda la provincia, abundante y fértil y muy barata, y si no fue el licenciado *D{on} Cristóbal de Muros* mi único amparo, un criado del encomendero *D{on} Melchor Pacheco* que me dio un capote, y el Ilustrísimo Señor Obispo *D{on} Juan Cano y Sandoval* que me socorrió con dos pesos, no hubo

---

255   Se refiere a las *Bulas de la Cruzada* mediante las cuales se permitía comer carne durante Cuaresma: la primera de éstas se remonta a los Reyes Católicos, la segunda al reinado por veinticuatro años (1700-1724) de Felipe V (n. 1683 - m. 1746). A la par con estas dos, se dio la *Bula de la Composición* que estipulaba que todos los bienes adquiridos (incluso los robados) debían pasar a ser propiedad de la Corona Española. Por eso nos parece que es a ésta en particular a la que alude Alonso Ramírez.

256   Véase el Capítulo 3 nota 122| donde ya se explicó el significado de esta palabra.

257   Jueves; Día de la Inmaculada Concepción.

258   *Joseph* en el original.

259   En la princeps se lee *certificacó*, lo cual, a mi entender, se trata de un error tipográfico y que el término correcto es *certificó*, usado también por Cummins y Soons. No obstante, Irizarry y Pérez Blanco escriben *certificación*, en cuyo caso habría que remitirse al «me tomó» anterior: me tomó declaración y |me tomó| certificación.

persona alguna que, viéndome a mí y a los míos casi desnudos y muertos de hambre, extendiese la mano para socorrerme. Ni comimos en las que llaman Casas Reales de S{an} Cristóbal (son un honrado mesón en que se albergan forasteros) sino lo que nos dieron los indios que cuidan de él, y se redujo a tortillas de maíz y cotidianos frijoles. Porque rogándoles una vez a los indios el que mudasen manjar,[260] diciendo que aquello lo daban ellos [pónganse por esto en el catálogo de mis benefactores] sin esperanza de que se lo pagase quien allí nos puso, y que así me contentase con lo que gratuitamente me daban, callé mi boca.

[261] Faltándome los frijoles con que en las Reales Casas de S{an} Cristóbal me sustentaron los indios, y fue esto el mismo día en que, dándome la certificación, me dijo el escribano {que} tenía ya libertad para poder irme donde gustase; valiéndome del alférez *Pedro Flores de Ureña*, paisano mío, a quien si a correspondencia de su pundonor y honra le hubiera acudido la fortuna fuera sin duda alguna muy poderoso, precediendo información que di con los míos, de pertenecerme, y con declaración que hizo el Negro Pedro de ser mi esclavo, lo vendí en trescientos pesos con que vestí a aquellos, y dándoles alguna[262] ayuda de costa para que buscasen su vida, permití (porque se habían juramentado de asistirme siempre) {que} pusiesen la proa de su elección donde los llamase el genio.

Prosiguiendo D. *Ceferino de Castro* en las comenzadas diligencias, para recaudar con el pretexto frívolo de la Cruzada lo que la Bula de la Cena[263] me aseguraba en las playas y en lo que estaba a

---

260   *Mudasen manjar*, que les variaran la comida. Entre esta coma y *diciendo*, Cummins y Soons intercalaron **[fueron]** (69).

261   Aquí, antes de la oración, Cummins y Soons ponen [...] (69) porque, según ellos explican en una nota, habría una laguna en el texto (85, n. 238). No coincidimos.

262   El original repite: *alguna alguna*...

263   *Bula de la Cena*, «famosa bula *in Cœna Domini* («en la mesa del Señor») que un cardenal diácono lee públicamente todos los años, el Jueves Santo, en presencia del Papa, al que acompañan varios cardenales y obispos. Terminada la lectura de la bula, Su Santidad arroja a la plaza pública un hacha encendida para marcar el anatema.» (*Voltaire – Diccionario Filosófico*). La lectura pública –que daba a conocer los nombres de las personas excomulgadas por herejía, violencia, robos, etc.– data de 1363 y se convirtió en tradición hasta que el Papa Clemente XIV la abolió en 1770 por considerar que violaba los derechos civiles de los excomulgados. (*New Advent Encyclopedia*: http://www.newadvent. org/cathen/07717c.htm). Pero en el caso de Ramírez –y respondiendo al comentario que aquí hace– se trata de una de las pautas establecidas en la bula mediante la cual él sí tenía derecho a quedarse lo que había adquirido mientras navegaba. En otras palabras, Alonso se defiende del abuso de autoridad que pretendía ejercer en su contra don Ceferino de Castro. Esto se constata con la intervención que a favor de Ramírez hizo don Cristóbal de Muros, quien demuestra su sentido de justicia al utilizar animales de carga (recuas) para transportar lo demasiado pesado para los hombros de los indios.

bordo,[264] quiso abrir camino en el monte para[265] conducir a la villa en recuas lo que a hombros de indios no era muy fácil.[266] Opúsosele el beneficiado D. *Cristóbal de Muros*, previniendo {que} era facilitarles a los corsantes y piratas que por allí cruzan el que robasen los pueblos de su feligresía, hallando camino andable y no defendido para venir a ellos. Llevóme la cierta noticia que tuve de esto a Valladolid, quise pasar a las playas a ser ocular testigo de la iniquidad que contra mí y los míos hacían los que por españoles y católicos estaban obligados a ampararme y a socorrerme con sus propios bienes, y llegando al pueblo de *Tila*, con amenazas de que sería declarado por traidor al rey, no me consintió el alférez *Antonio Zapata* el que pasase de allí, diciendo {que} tenía orden de *D. Ceferino de Castro* para hacerlo así.

A persuasiones y con fomento de *D. Cristóbal de Muros*, volví a la ciudad de Mérida, y habiendo pasado la Semana Santa en el santuario de *Ytzmal*, llegué a aquella ciudad el miércoles después de Pascua. Lo que decretó el gobernador a petición que le presenté fue {que} tenía orden del Exmo Sr. Virrey de la Nueva España para que viniese a su presencia con brevedad. No sirvieron de cosa alguna réplicas mías, y sin dejarme aviar[267] salí de Mérida domingo, 2 de abril. Viernes 7, llegué a *Campeche*. Jueves 13, en una balandra del capitán Peña salí del puerto. Domingo, 16, salté en tierra en la *Vera Cruz*. Allí me aviaron[268] los oficiales reales con veinte pesos, y saliendo de aquella ciudad a 24[269] del mismo mes, llegué a *México* a 4 de mayo.[270]

El viernes siguiente besé la mano a Su Exª., y correspondiendo sus cariños afables a su presencia augusta, compadeciéndose primero de mis trabajos y congratulándose de mi libertad con parabienes y plácemes, escuchó atento cuanto en la vuelta entera que he dado al

---

264 Aquí hay otro error tipográfico: *brodo*, en el original.
265 El texto original repite la preposición *para*; se trata de un obvio error de imprenta como los anteriores.
266 Aquí, antes de empezar la oración, Cummins y Soons ponen [...] (69) porque, según ellos, y como explican en una nota, hay una laguna en el texto (85, n. 238), razonamiento al que no le vemos nada de lógico.
267 *Aviar*, «Meter en camino, encaminar» (Covarrubias). «Dar viada, velocidad al buque ó a cualquiera embarcación menor. Dícese mas especialmente de las que remolcan á aquel. (Arquitectura Naval) Dar el ultimo repaso de calafatería...» (*Diccionario marítimo español*). Puede significar «sin dejarme remolcar (o apurar)» o bien «sin dejarme dar un último repaso.»
268 Aquí sí, «Dar viada, velocidad al buque».
269 Lunes, 24 de abril de 1690.
270 El original dice *abril*, lo cual, obviamente, es un error. El 4 de mayo de 1690 fue jueves.

mundo queda escrito, y allí sólo le insinué a Su Exª. en compendio breve. Mandóme [o por el afecto con que lo mira, o quizá porque estando enfermo divirtiese sus males con la noticia que yo le daría de los muchos míos]^271 fuese a visitar a *D. Carlos de Sigüenza y Góngora*, cosmógrafo y catedrático^272 de matemáticas del Rey N. Señor en la Academia Mexicana, y capellán mayor del Hospital Real del Amor de Dios de la Ciudad de México (títulos son estos que suenan mucho y valen muy poco, y a cuyo ejercicio le empeña más la reputación que la conveniencia), compadecido de mis trabajos no sólo formó esta relación en que se contienen, sino que me consiguió, con la intercesión y súplicas que en mi presencia hizo al Exmo Sr. Virrey, decreto para que *D. Sebastián de Guzmán y Córdoba*, Factor, Veedor y Proveedor de las Cajas Reales me socorriese, como se hizo; otro para que se me entretenga en la Real Armada de Barlovento hasta acomodarme; y mandamiento para que el Gobernador de *Yucatán* haga que los ministros que corrieron con el embargo o seguro de lo que estaba en las playas, y hallaron a bordo, a mí o a mi podatario^273 sin réplica ni pretexto lo entreguen todo. Ayudóme para mi viático con lo que pudo, y disponiendo {que} bajase a la Vera Cruz en compañía de *D. Juan Enríquez Barroto*, Capitán de la Artillería de la Real Armada de Barlovento, mancebo excelentemente consumado en la hidrografía,^274 docto en las ciencias matemáticas, y por eso íntimo amigo y huésped suyo en esta ocasión, me excusó de gastos.

---

271   Corchetes en el original.
272   En el original: *Cosmographo y Catedrático de Mathematicas*.
273   *Podatario*, apoderado, o sea, «que tiene poderes de otra persona para representarla» (Moliner).
274   *Hydrographia*, en el original.

Apéndice bibliográfico

Obras citadas

Cervantes, Miguel de. *Don Quijote de la Mancha* I. Ed. John Jay Allen. Madrid: Cátedra, 2001.

Chevalier, Maxime. 'El Cautivo entre cuento y novela.' *Nueva Revista de Filología Hispánica* 32 (1983): 403-411.

González Boixo, José Carlos. «La prosa novelística.» *Historia de la literatura mexicana* (Vol. 2). Eds. Beatriz Garza Cuarón, Georges Baudot, Raquel Chang-Rodríguez. México: Siglo XXI. 288-322.

Irizarry, Estelle. Introducción. *Infortunios de Alonso Ramírez*. San Juan: Comisión Puertorriqueña para la Celebración del Quinto Centenario del Descubrimiento de América y Puerto Rico, 1990. 11-84.

Mignolo, Walter. 'The Movable Center: Geographical Discourses and Territoriality During the Expansion of the Spanish Empire.' En *Coded Encounters. Writing, Gender, and Ethnicity in Colonnial Latin America*. Ed. Francisco Javier Cevallos-Candau, et al. Amherst: U of Massachusetts P, 1994. 15-45.

Pérez Blanco, Lucrecio. Introducción. *Infortunios de Alonso Ramírez*. Madrid: Historia 16, 1988. 7-59.

Pratt, Mary Louise. *Imperial Eyes. Travel Writing and Transculturation*. London: Routledge, 1992.

Sigüenza y Góngora, Carlos de. *Infortunios que Alonso Ramírez, natural de la ciudad de San Juan, padeció... Editio princeps*. México: Herederos de la Viuda de Bernardo Calderón, 1690.

White, Hayden. 'Historical Text as Literary Artifact.' En *History and Theory: Contemporary Readings*. Eds. Brian Fay et al. Malden, MA: Blackwell, 1998. 15-33.

A. Lista de algunas ediciones de los *Infortunios de Alonso Ramírez* de Carlos de Sigüenza y Góngora.

_____. México: Herederos de la Viuda de Bernardo Calderón, 1690.

_____. Ed. P. Vindel. Madrid, 1902.

_____. Ed. Manuel Romero de Torreros. México: UNAM, 1940.

_____. Ed. José Rojas Garcidueñas. México: Porrúa, 1944, 1960.

_____. Ed. Alba Valles Formosa. San Juan, PR: Cordillera, 1967.

_____. Ed. Antonio Castro Leal. México: Aguilar, 1968.

_____. Ed. William G. Bryant. Caracas: Ayacucho, 1984.

_____. Eds. J.S. Cummins y Allan Soons. Londres: Tamesis, 1984.

_____. Ed. Lucrecio Pérez Blanco. Madrid: Historia 16, 1988.

_____. Ed. Estelle Irizarry. San Juan, PR: Comisión Puertorriqueña para la Celebración del Quinto Centenario del Descubrimiento de América y Puerto Rico, 1990.

_____. Ed. Jaime Martínez. Roma: Bulzoni, 1993.

_____. Eds. Belén Castro y Alicia Llarena. Las Palmas: Vicerrectorado de Investigación, Desarrollo e Innovación, Universidad de Las Palmas de Gran Canaria, 2003.

_____. Ed. Buscaglia Salgado, José Francisco. Madrid: Consejo Superior de Investigaciones Científicas, 2011.

Además de éstas, existen otras de divulgación masiva (sin notas, ni introducción ni nombre de persona alguna que las haya preparado), como por ejemplo, la de Espasa-Calpe (Buenos Aires y Madrid, 1951), la del Instituto de Cultura Puertorriqueña (1967) y la de Premia (México, 1978), entre muchas más. A raíz de los trescientos años de la primera publicación cabe pensar que desde entonces la obra ha visto otras ediciones que no conocemos.

B. OTRAS OBRAS DE CARLOS DE SIGÜENZA Y GÓNGORA.

_____. «Alboroto y motín de los indios de México» (1692). *Don Carlos de Sigüenza y Góngora, un sabio mexicano del siglo XVII*. Ed. Irving A. Leonard. Prólogo de Federico Gómez de Orozco. México: Talleres Gráficos del Museo Nacional de Arqueología, Historia y Etnografía, 1932.

_____. «Alboroto y motín de los indios de México.» *Don Carlos de Sigüenza y Góngora, un sabio mexicano del siglo XVII*. Ed. Irving A. Leonard. Trad. Juan José Utrilla. México: Fondo de Cultura Económica, 1984. 224-79.

_____. *El balerofonte matemático*, 1680.

_____. *Camino que el año de 1689 hizo el Governador Alonso/ de Leon desde Cuahuila hasta hallar cerca del Lago de S[an]/ Bernardo el lugar donde havian poblado los Franceses.* Madrid: MS. 18634²² Biblioteca Nacional.

_____. Colección de *Lunarios* y *Almanaques* (1675-1693), vol. 670. México: AGN, ramo Inquisición.

_____. *Glorias de Querétaro en la Nueva Congregación Eclesiástica de María Santíssima de Guadalupe...* (1680) y *Primavera Indiana...* (1683). Edición facsimilar de ambos poemas. México: Biblioteca de AECI (Madrid), 1965.

_____. «Letter of Don Carlos de Sigüenza to Admiral Pez Recounting the Incidents of the Corn Riot in Mexico Ciy, June 8, 1692.» *Don Carlos de Sigüenza y Góngora, a Mexican Savant of the Seventeenth Century*. Irving A. Leonard. Berkley: Universidad de California, 1929. 210-77.

_____. *Libra astronómica y philosóphica*. México: Herederos de Bernardo Calderón, 1690.

_____. *Libra astronómica y philosóphica*. Ed. Bernabé Navarro y Presentación de José Gaos. México: UNAM, 1959.

_____. *Manifiesto filosófico contra los cometas,* 1680.

_____. *Mercurio volante*, 1693. También, MS autógrafo del *Mercurio Volante...* México: A.G.N. Ramo Historia, Legajo H, 25, 16, ff. 189-212. Sin lugar ni fecha.

_____. *The Misadventures of Alonso Ramírez*. Trad. Edwin H. Pleasants. México: Imprenta Mexicana, 1962.

_____. *Noticia cronológica de los Reyes, Emperadores, Governadores, Presidentes y Vi-Reyes de esta Nobilíssima Ciudad de México 23*. CSIC. México: José Porrúa e Hijos, Sucs., Libreros, 1948.

_____. *Obras* (con una biografía de Francisco Pérez Salazar). México: Bibliófilos Mexicanos, 1928.

_____. *Obras históricas.* México: Editorial Porrúa, 1960.

_____. *Oriental planeta evangélico: Epopeya panegyrica a San Francisco Xavier, Apóstol de las Indias.* México: María de Benavides, 1700. También en *Poemas.* Recopilados y ordenados por Irving A. Leonard, estudio de Ermilo Abreu Gómez. Madrid: Biblioteca de Historia Hispano Americana, 1931. 121-145.

_____. *Parayso Occidental, plantado y cultivado por la liberal benéfica mano de los muy Cathólicos y poderosos Reyes de España Nuestros Señores en su magnifico Real Convento de Jesús María de México.* México: Juan de Ribera, Impressor y Mercader de libros, 1683.

_____. *Piedad heroyca de Don Fernando Cortés, Marqués del Valle* (1689). Ed. Jaime Delgado. Madrid: José Porrúa, 1960.

_____. *Primavera indiana, poema sacro-histórico, idea de María Santíssima de Guadalupe, copiada de flores.* México: Viuda de Bernardo Calderón, 1668.

_____. «Primavera indiana, poema sacro-histórico, idea de María Santíssima de Guadalupe, copiada de flores». *Poemas.* Recopilados y ordenados por Irving A. Leonard, estudio de Ermilo Abreu Gómez. Madrid: Biblioteca de Historia Hispano-Americana, 1931. 43-70.

_____. *Primavera indiana.* México: Ediciones Vargas Rea, 1945.

_____. *Seis obras.* Prólogo de Irving A. Leonard. Ed. William G. Bryant. Caracas: Biblioteca Ayacucho, 1984.

_____. *Triunfo parténico que en glorias de María Santísima, Inmaculadamente concebida, celebró la pontificia, imperial y regia Academia Mexicana.* México: Juan de Ribera, 1683. También: «Triunfo parténico» en *Poemas.* Recopilados y ordenados por Irving A. Leonard, estudio de Ermilo Abreu Gómez. Madrid: Biblioteca de Historia Hispano-Americana, 1931. 93-120.

_____. *Triunfo Parténico que en glorias de María Santísima, Immaculadamente concebida, celebró la Pontifica Imperial, y Regia Academia Mexicana en el Bienio que como su Rector la gobernó el Doctor Don Juan de Narváez, Tesorero General de la Santa Cruzada en el Arzobispado de México, y al presente Catedrático de Prima de Sagrada Escritura.* México: Ediciones Xochitl, 1945.

_____. *Teatro de virtudes políticas que constituyen a un príncipe.* México: Por la viuda de Bernardo Calderón, 1680. También en *Poemas.* Recopilados y ordenados por Irving A. Leonard, estudio de Ermilo Abreu Gómez. Madrid: Biblioteca de Historia Hispano-Americana, 1931. 83-92. Y en *Seis obras.* Ed. William G. Bryant. Caracas: Ayacucho, 1984. 165-240.

_____. *Trofeo de la Justicia Española* (1691).

C. Bibliografía sobre Sigüenza y Góngora y los Infortunios de Alonso Ramírez

Abreu Gómez, Ermilo. «Carlos Sigüenza y Góngora.» *Clásicos y modernos.* México: Botas, 1934. 13-55.

Alcaraz, Ramón I. «Don Carlos de Sigüenza y Góngora.» *El Museo Mexicano*, México, 1843. t. II. 471-479

Anderson Imbert, Enrique. 'La forma «autor-personaje-autor», en una novela mexicana del siglo XVII.' *Crítica interna*, Madrid: Taurus, 1960. 19-37.

Arrom, José Juan. «Carlos de Sigüenza y Góngora: Relectura criolla de los *Infortunios de Alonso Ramírez.*» *Revista de Estudios Hispánicos* 17-18. Universidad de Puerto Rico, 1990-1991. 131-47.

_____. «Carlos de Sigüenza y Góngora: Relectura criolla de los *Infortunios de Alonso Ramírez.*» *Thesaurus* 23-46. Bogotá: 1987. 23-46 y 386-409.

_____. «Carlos de Sigüenza y Góngora: Relectura criolla de los *Infortunios de Alonso Ramírez.*» *Thesaurus. Boletín del Instituto Caro y Cuervo* 42.1 (1987): 23-46.

Balza, José. «Carlos de Sigüenza y Góngora.» *Iniciales (siglos XVII y XVIII)*. México: Universidad Nacional Autónoma de México, 1997. 97-112.

Barrus, E. J. «Sigüenza y Góngora's Efforts for Readmission to the Jesuit Order.» *Hispanic American Historical Rdview 33* (1953): 387-91.

Benítez Grobet, Laura. *La idea de historia en Carlos Sigüenza y Góngora*. México: UNAM, 1982.

Bolaños, Alvaro Félix. «Sobre «relaciones» e identidades en crisis: El «otro» lado del ex-cautivo Alonso Ramírez.» *Revista de Crítica Literaria Latinoamérica* 21.42 (1995): 131-60.

Bravo, María Dolores. «Identidad y mitos criollos en Sigüenza y Góngora.» *Plural*. México: 1988. 33-36.

Burrus, E.J. «Sigüenza y Góngora efforts for readmisión into the Jesuit Order.» *Hispanic American Historical Review* 33.3 (1953): 387-91.

Buscaglia-Salgado, José F. «The Misfortuntes of Alonso Ramírez (1960) and the Duplicitous Complicity between the Narrator, the Writer, and the Censor.» *Dissidences: Hispanic Journal of Theory and Criticism* 1.1. (2005): 1-42. También en la Red (www), 27 June 2007.

_____. Ed. Introducción: «De cómo acercarse a la historia del primer americano universal por medio de la inversión retrógrada.» Madrid: Consejo Superior de Investigaciones Científicas, 2011.

Camayd-Freixas, Erik. «La peneración del texto: Seudocrónica testimonial en *La Noche Oscura del Niño Avilés* de Edgardo Rodrígues Juliá Vista desde *Infortunios de Alonso Ramírez* de Sigüenza y Góngora.» *Caribe: Revista de Cultura y Literatura* 3.1 (2000): 26-50.

Castagnino, Raúl Héctor. «Carlos de Sigüenza y Góngora o la picaresca a la inversa.» *Escritores hispanoamericanos desde otros ángulos de simpatía*. Buenos Aires: Editorial Nova, 1971. 91-101.

_____. «Carlos de Sigüenza y Góngora o la picaresca a la inversa.» *Razon y Fabula* 25 (1971): 27-34.

Castro Leal, Antonio. «Prólogo.» *Infortunios de Alonso Ramírez, La Novela del México Colonial* 1. México: Aguilar, 1968. 43-44.

Chang-Rodríguez, Raquel. «La transgresión de la picaresca en los *Infortunios de Alonso Ramírez.*» *Violencia y subversión en la prosa colonial hispanoamericana.* Madrid: José Porrúa Turanzas, 1982. 85-108.

Cirillo Sirri, Teresa. «Don Carlos de Sigüenza y Góngora: del *Mercurio Volante* a *Infortunios de Alonso Ramírez.*» *Annali dell'Instituto Universitario Orientale* 38 (1996): 5-62.

_____. 'Scrittura testimoniale e scrittura d'invenzione in «Los infortunios de Alonso Ramírez» di Sigüenza y Góngora.' *Heteroglosia* 4 (1992): 114-27.

Cogdell, Sam. «Criollos, gachupines y «plebe tan en extremo plebe»: Retórica e ideología criollas en *Alboroto y motín de México* de Sigüenza y Góngora.» *Relecturas del Barroco de Indias*, ed. Mabel Moraña. Hannover: Ediciones del Norte, 1994. 245-79.

Crisafio, Raúl. «Introduccion.» *Infortunios de Alonso Ramírez.* Milano: Arcipielago, 1989.

Cummins, J.S. «*Infortunios de Alonso Ramírez*: 'A Just History of Fact?'» *Bulletin of Hispanic Studies* 61 (July 1984): 295-303.

Flesler, Daniela. «Contradicción y heterogeneidad en *Infortunios de Alonso Ramírez* de Carlos de Sigüenza y Góngora.» *Romance Notes* 42.2 (2002): 163-70. Print.

Fornet, Jorge. «Ironía y cuestionamiento ideológico en *Infortunios de Alonso Ramírez.*» *Cuadernos Americanos* 9. 1995. 200-11.

González, Aníbal. «*Los Infortunios de Alonso Ramírez*: picaresca e historia.» *Hispanic Review* 51 (1983): 189-204.

González, Serafín. «El sentido de la existencia en los *Infortunios de Alonso Ramírez.*» *Anuario de Letras* 23 (1980): 223-43.

González-González, Enrique y Mayer, Alicia. «Bibliografía de Carlos de Sigüenza y Góngora.» *Carlos de Sigüenza y Góngora (Homenaje 1700-2000).* Vol. I. Alicia Mayer, ed. México: UNAM, 2000. 225-294.

González-González, Enrique. «Sigüenza y Góngora y la Universidad: Crónica de un desencuentro». *Carlos de Sigüenza y Góngora (Homenaje 1700-2000* Vol. I. Alicia Mayer, ed. México: UNAM, 2000. 187-231.

González Stephan, Beatriz. «Narrativa de la estabilización colonial: *Peregrinación de Bartolomé Lorenzo* (1586) de José de Acosta e *Infortunios de Alonso Ramírez* (1690) de Carlos Sigüenza y Góngora.» *Ideologies and Literature* 2.1 (1987): 7-52.

Greer Johnson, Julie. «Picaresque Elements in Carlos de Sigüenza y Góngora's Los *Infortunios de Alonso Ramírez*.» *Hispanica* 64 (1981): 60-67.

Hernández de Ross, Norma. *Textos y contextos en torno al tema de la espada y la cruz en tres crónicas novelescas. Cautiverio feliz, El carnero e Infortunios de Alonso Ramírez*. Nueva York: Peter Lang, 1996.

Iglesia, Ramón. «La mexicanidad de Don Carlos de Sigüenza y Góngora». *El hombre Colón y otros ensayos*. México: El Colegio de México, 1944. 117-143.

Invernizzi Santa Cruz, Lucía. «Naufragios e Infortunios: Discurso que transforma fracasos en triunfos.» *Dispositio* 11.28-29 (1986): 99-111.

_____. «Naufragios e Infortunios: Discurso que transforma fracasos en triunfos.» *Revista Chilena de Literatura* 29 (1987): 7-22.

Irizarry, Estelle. Ed. «Introducción.» *Infortunios de Alonso Ramírez*. Carlos de Sigüenza y Góngora. San Juan: Comisión Puertorriqueña para la Celebración del Quinto Centenario del Descubrimiento de América y Puerto Rico, 1990. 11-84.

_____. «One Writer, Two Authors: Resolving the Polemic of Latin America's First Published Novel.» *Literary and Linguistic Computing* 8.3 (1991): 175-79.

Johnson, Julie Greer. «Picaresque Elements in Carlos de Sigüenza y Góngora's *Los infortunios de Alonso Ramírez*.» *Hispania* 64.1 (1981): 60-67.

Lagmanovich, David. «Para una caracterización de *Infortunios de Alonso Ramírez*.» *Sin Nombre* 5.2 (1974): 7-15.

Leonard, Irving A. *Don Carlos de Sigüenza y Góngora: A Mexican Savant of the Seventeenth Century*. Berkeley: University of California, 1929.

_____. *Don Carlos de Sigüenza y Góngora: Un sabio mexicano del siglo VXII*. Trad. Juan José Utrilla. México: Fondo de Cultura Económica, 1984.

_____. *Ensayo bibliográfico de Sigüenza y Góngora*. México: Monografías Bibliográficas Mexicanas, 1929.

_____. «Prólogo.» *Seis obras*. Carlos de Sigüenza y Góngora. Caracas: Ayacucho, 1984. ix-xxxi.

_____. «Sigüenza y Góngora and the Chaplaincy of the Hospital del Amor de Dios.» *Hispanic American Historical Review* 39 (1959): 580-87.

_____. «A Great Savant of the Seventeenth-Century Mexico. Carlos de Sigüenza y Góngora.» *Hispania* 10 (1927): 399-408.

López, Kimberle S. «La ambivalencia de ser criollo: género testimonial en *Los infortunios de Alonso Ramírez*.» *Tradicion y actualidad de la literatura iberoamericana*. Pamela Bacarisse, ed. Pittsburgh: University of Pittsburgh, 1995. 213-19.

_____. «Identity and Alterity in the Emergence of a Creole Discourse: Sigüenza y Góngora's *Infortunios de Alonso Ramírez*». *Colonial Latin American Review* 5.2 (1996): 253-76.

López Arias, Julio. «El género en los *Infortunios de Alonso Ramírez*.» *Hispanic Journal* 15.1 (1994): 185-201.

López Cámara, Francisco. «El cartesianismo en Sor Juana y Sigüenza.» *Filosofía y Letras* 39. México: 1950. 107-31.

_____. «La conciencia criolla en Sor Juana y Sigüenza.» *Historia Mexicana* 3. México: 1957. 350-73.

Lorente Medina, Antonio. *La prosa de Sigüenza y Góngora y la formación de la conciencia criolla mexicana*. México, D.F.: Fondo de Cultura Económica, 1996.

Luzuriaga, Gerardo. «Sigüenza y Góngora y Sor Juana: disidentes de la cultura oficial.» *Cuadernos americanos* 41.3. México. 140-62.

Mayer, Alicia, ed. *Carlos de Sigüenza y Góngora (Homenaje 1700-2000)*. Volúmenes I- II. México: UNAM, 2000-2002.

_____. *Dos americanos, dos pensamientos: Carlos de Sigüenza y Góngora y Cotton Mahler*. México: UNAM, 1998.

_____. «El guadalupanismo en Carlos de Sigüenza y Góngora». *Carlos de Sigüenza y Góngora (Homenaje 1700-2000)*, editado por Alicia Mayer. Vol. I. México: UNAM, 2000. 243-272.

Meléndez, C. «Aventuras de Alonso Ramírez,» *Figuración de Puerto Rico y otros estudios*. San Juan, 1958. 45-60.

Merkl, Heinrich. «Juana Inés de la Cruz y Carlos de Sigüenza y Góngora en 1680.» *Iberoromania* 36 (1992): 21-37.

Mora, Carmen de. «Modalidades discursiva en los *Infortunios de Alonso Ramírez* de Carlos Sigüenza y Góngora.» *Escritura e identidad criollas. Modalidades discursivas en la prosa hispanoamericana de siglo XVIII.* Ámsterdam-Nueva York: Rodopi, 2001. 322-68.

Moraña, Mabel. «Máscara autobiográfica y conciencia criolla en *Infortunios de Alonso Ramírez.*» *Dipositio* 15.40 (1990): 107-17.

More, Anna Herron. *Colonial Baroque: Carlos de Sigüenza y Góngora and the Post colonization of New Spain (Mexico).* Tesis doctoral de University of California, Berkeley, 2003.

Navarro, Joaquina. «Algunos rasgos de la prosa de Carlos de Sigüenza y Góngora.» Jaime Alazraki. *Homenaje a Andrés Induarte.* Clear Creek: The American Hispanist Inc., 1976. 243-249.

O'Gorman, Edmundo. «Datos sobre D. Carlos de Sigüenza y Góngora, 1669-1677.» *Boletín del Archivo General de la Nación* 15.4 (1944): 593-612.

Pérez Blanco, Lucrecio. «Introducción.» *Infortunios de Alonso Ramirez.* Madrid: Historia 16, 1988. 7-63.

Pérez Salazar, Francisco. *Biografía de Don Carlos de Sigüenza y Góngora seguida de varios documentos inéditos.* México: A. Librería de Robredo, 1928.

Pratt, Dale. «Alonso Ramírez Gives the World a Spin.» *Monographic Review/Revista Monográfica* 12 (1996): 258-68. Print.

Quiñones-Gauggel, María Cristina. «Dos pícaros religiosos: Guzmán de Alfarache y Alonso Ramírez.» *Romance Notes* 21 (1980): 92-96.

Riobó, Carlos. «*Infortunios de Alonso Ramírez* de crónica a protonovela americana.» *Chasqui: Revista de literatura latinoamerica* 27.1 (1998): 70-78.

Rojas Garcidueñas, José. *Don Carlos de Sigüenza y Góngora. Erudito barroco.* México: Ediciones Xochitl, 1945.

Ross, Kathleen. «Alboroto y motín de México: una noche triste criolla.» *Hispanic Review* 56 (1988): 181-90.

_____. *The Baroque Narrative of Carlos de Sigüenza y Góngora. A New World Paradise.* Cambridge: Cambridge University Press, 1993.

_____. «Cuestiones de género en *Infortunios de Alonso Ramírez.*» *Revista Iberoamericana* 61.172-3 (1995): 591-603.

Saad Maura, Asima F.X. «El cautivo de Cervantes e *Infortunios* de Sigüenza y Góngora: Intertextualidad y mensaje político-religioso.» *Ínsula Barataria: Revista de literatura y cultura* 3.4 (2005): 9-18.

Sacid Romero, Alberto. «La ambigüedad genérica de los *Infortunios de Alonso Ramírez* como producto de la dialéctica entre discurso oral y discurso escrito.» *Bulletin Hispanique* 94. 1989. 1-21. También en *Bulletin Hispanique* 94.1 1992. 119-39.

Sánchez Lamego, Miguel A. *El primer mapa general de México elaborado por un mexicano.* México: Instituto Panamericano de Geografía e Historia, 1955.

Sibirski, Saúl. «Carlos de Sigüenza y Góngora (1645-1700). La transición hacia el Iluminismo criollo en una figura excepcional.» *Revista Iberoamericana* 31.60 (1965): 195-207.

Soons, Alan. «Alonso Ramírez in an Enchanted and Disenchanted World.» *Bulletin of Hispanic Studies* 53.201-05. Liverpool (1976): 201-05.

Torres Duque, Óscar. "El infortunio como valor épica: Una aproximación a la dimensión épica de la crónica novelesca *Infortunios de Alonso Ramírez* de Carlos de Sigüenza y Góngora." *Inti: Revista de cultura hispánica* 55-6 (2002): 109-28.

Toussaint, Manuel. *Compendio bibliográfico del Triunfo Parténico de don Carlos de Sigüenza y Góngora.* México: Imprenta Universitaria, 1941.

Trabulse, Elías. *Los manuscritos perdidos de Sigüenza y Góngora.* México: El Colegio de México, 1988.

Valles Formosa, Alba. «Introducción» a *Infortunios de Alonso Ramírez.* San Juan, Puerto Rico: Cordillera, 1967.

Zárate, Julio. *Don Carlos de Sigüenza y Góngora.* México: Vargas Rea, 1950.

D. OBRAS PRINCIPALES DE CONSULTA

Covarrubias, Sebastián. *Tesoro de la lengua castellana o española* (1611). Edición integral e ilustrada de Ignacio Arrellano y Rafael Zafra, publicada en colaboración por la Editorial Iberoamericana, la Universidad de Navarra, la Real Academia Española y el Centro para la Edición de Clásicos Españoles, 2007.

De Lorenzo, José, Gonzalo de Murga y Martón Ferreiro. *Diccionario marítimo español, que además de las voces de navegación y maniobra en los buques de vela, contiene las equivalencias en francés, inglés e italiano, y las más usadas en los buques de vapor, formado con presencia de los mejores datos publicados hasta el día.* Madrid: Establecimiento Tipográfico de T. Fortanet, 1864-1865.

Thank you for acquiring

INFORTUNIOS

from the
Stockcero collection of Spanish and Latin American significant books of the past and present.

This book is one of a large and ever-expanding list of titles Stockcero regards as classics of Spanish and Latin American literature, history, economics, and cultural studies. A series of important books are being brought back into print with modern readers and students in mind, and thus including updated footnotes, prefaces, and bibliographies.

We invite you to look for more complete information on our website, **www.stockcero.com**, where you can view a list of titles currently available, as well as those in preparation. On this website, you may register to receive desk copies, view additional information about the books, and suggest titles you would like to see brought back into print. We are most eager to receive these suggestions, and if possible, to discuss them with you. Any comments you wish to make about Stockcero books would be most helpful.

The Stockcero website will also provide access to an increasing number of links to critical articles, libraries, databanks, bibliographies and other materials relating to the texts we are publishing.

By registering on our website, you will allow us to inform you of services and connections that will enhance your reading and teaching of an expanding list of important books.

You may additionally help us improve the way we serve your needs by registering your purchase at:
http://www.stockcero.com/bookregister.htm

CPSIA information can be obtained
at www.ICGtesting.com
Printed in the USA
FFOW03n0148110118
44279361-43811FF